幸徳秋水の狐落とし

萬朝報怪異譚

笹木一加

叢文社

目次

序章　相馬野馬追之事

一

母の手の愛撫のような優しい微風《そよかぜ》の吹く初夏の昼下がりのことであった。

一人の童が、高い栗の木を必死によじ登っていた。まだ五つになったばかりの幼子は、名を錦織剛清《にしごりたけきよ》といい、活発で、好奇心旺盛で、寸瞬たりとも、じっとしていられない童だった。

剛清は上へ上へと小さな体を懸命に持ち上げていき、太い幹の上まで辿り着くと、跨《また》がって周囲の眺めを見渡した。

雲一つない晴天である。薫風《くんぷう》に吹かれて、どこまでも続く水田の緑色の稲が、気持ちよさそうに揺れていた。

お天道様が、いつもよりずっと近い。蝉の鳴き声も、まるで耳元で鳴いているような大合唱だ。

蝉も、お天道様でさえも、手を伸ばせば、届くかもしれないと、剛清は思った。

地面を見下ろすと、大勢の大人たちの黒い頭が見えた。押し競饅頭《くらまんじゅう》でもとっているかのように、狭い道端はごった返している。

犇《ひし》めき合う黒い人波は、真冬にひっくり返した大きな石の裏にこびりつく大量の団子虫の蠢《うごめ》きと似ていた。

雑踏の中、おっとうも、おっかあも、どこにいるか、見分けはつかない。誰も木の上によじ登った小さな剛清の姿に、気が付いた者はいなかった。

自分一人の特等席を手に入れた剛清は、にんまりと笑った。

「道を開けえええええええい」

甲冑を身に纏い、馬に乗った荒武者が、こちらへ向かって駆けてくる光景が見えた。遠くから、法螺貝《ほらがい》や馬の嘶《いなな》きが聞こえてくる。

剛清は、これでもかと身を乗り出す。胸が弾《はず》んだ。

「総大将、御出陣——!」

大人たちは、途端に地面に平伏《ひれふ》して、頭を下げた。顔を上げる者は一人もいなかった。

やって来たのは、戦国絵巻から飛び出して来たかのような甲冑騎馬武者の、途轍《とてつ》もなく長い行列だ。

もっとも騎馬武者の行列といっても、戦が始まるわけではない。参覲《さんきん》交代の大名行列でもない。古より千年と続く、相馬野馬追《そうまのまおい》と呼ばれる神事、すなわち祭りである。

相馬野馬追は、代々に亘って相馬中村城主を務める相馬氏の遠祖、平将門《たいらのまさかど》が、野生馬を領内に放ち、敵兵と見立てた軍事訓練が始まりだったと言われている。

捕えた馬を神への捧げ物として、相馬家の守護神である「妙見」に奉納するのだ。今日は、初日の宵祭りである。

宵祭りでは、各神社で出陣式が行われる。特に、城主の率いる相馬中村神社で行われる出陣式は盛大かつ厳粛《げんしゅく》に行われ、ものものしい騎馬武者、総勢五百余騎が行列を成して、祭地である御本陣・雲雀ヶ原まで一里を行軍するのである。

まだ幼い剛清に、神事の意味までは、わからない。

徳川の治める太平の世となって、もはや二百年余り。幼子には、戦国絵巻から飛び出して来たかのような兜《かぶと》を被《かぶ》り、鎧を身に纏った騎馬武者の行列が、珍しくてならず、もっと近くでしっかりと見たい一念だった。

大きく身を乗り出して、食い入るように行列を眺めていた剛清の視線は、ある人物の前で、はたと止まった。

釘づけになったのは、白い馬に跨《またが》った、剛清と然《さ》して歳の変わらぬ童の姿だった。

童のくせに、大人と同じように兜を被り、鎧を身に纏っている。凛《りん》と前を見つめる大きな瞳も、小さく引き締まった唇も、怯《ひる》むことがない。手綱を握る小さな手も、自信に満ち溢れていた。泥まみれで、朝から晩まで跳ね回って遊んでいる剛清や、村の子供たちとは、明らかに異質だった。

綺麗《きれい》な身形《みなり》で、澄ました顔をして、背筋はピンと伸びている。背格好は子供だが、醸し出す雰囲気は大人のようだった。

その童が、ちょうど杉の木の下を通り過ぎようとした時、ふっと顔を上げた。

剛清と眼が合うと、童は少し驚いたように目を見開いた。が、すぐに、柔らかい微笑を浮かべた。童の優しげな面影《おもかげ》には、兜も甲冑も不釣り合いに思えた。

その刹那《せつな》、みしりと嫌な音を立てて、枝が折れた。

「あっ」

小さな肉体は、いとも簡単に宙へ投げ出された。馬の嘶《いなな》きが、一面に響き渡ると同時に、悲鳴と怒号が飛び交い、土埃《つちぼこり》が舞う。

剛清は、背中を地面に思い切り叩きつけた。息が止まるほどの激痛が小さな体を貫く。周囲は騒然《そうぜん》となった。

「誠胤《ともたね》様、誠胤様——ッ！」

従者が悲鳴を上げる。突然、天から降って来た剛清に吃驚《きっきょう》した馬が飛び上がり、童が、落馬したのだ。

童は、名を相馬誠胤と言う。時の相馬中村城主、相馬充胤《みちたね》の次男である。もっとも、長男は未熟児のまま育たずに死んだため、誠胤は事実上のお世継ぎであった。

従者に抱えられるようにして起き上がった誠胤は、瞼《まぶた》の上を少し切ったのか、顔の半分を鮮血に染めていた。

「おのれぇ、糞餓鬼《くそがき》めがぁぁ」

鎧武者が怒りの咆哮《ほうこう》を上げ、腰の大刀を抜き放つ。騎馬武者の軍団の中に一人落ちた剛清は、まるで虎穴に迷い込んでしまった哀れな野兎の如き哀れな有様であった。

天高く掲げられた刃が日の光を浴びて、閃く。

鬼武者の迫力に恐れをなした剛清は、腰を抜かした。泣き叫ぶことも忘れて、ただ口をぽかんと開け、鬼武者を見上げる。

股間がだんだん湿っていく。漏らしている事態にも、気が付かなかった。

「お助けくださりませ！」

群衆から一人の女が、悲鳴を張り上げて、飛び出して来た。女は剛清を抱き竦《すく》めた。

おっかあだった。おっかあの腕は、小刻みに震えていた。

「子供の仕出かしたことでございます。どうか、どうか、お許しくださりませ！　罰なら私が受けまするっ」

おっかあは、悲痛に叫んだ。

「ええいっ。ならぬ！　あまつさえ、誠胤様を上から見下ろした挙げ句、誠胤様に怪我を負わせるとは何事かっ」

甲冑武者に首根っこを掴まれ、おっかあから引き離される。

剛清の小さな体に幾度も追いすがったおっかあは、殴られて、小さな呻《うめ》きを上げて、地面に蹲《うずくま》った。

恐怖に駆られた剛清は、弾かれたように泣き始めた。

「この糞餓鬼《くそがき》、漏らしてやがる。汚ねぇったらありゃあしねぇ」

甲冑武者は顔を顰《しか》めた。躊躇《ためら》いもなく剛清の肉体を串刺《くしざ》しにしようとした、その時。

「やめぬかっ」

凛《りん》とした声が、響き渡る。

甲冑武者の手が止まる。振り返ると、傷口に晒《さらし》を荒々しく巻いた誠胤が、毅然《きぜん》と立っている。

晒は血を吸いこんで赤黒く染まっていたが、誠胤の青白い顔には、鬼気迫るものがあった。甲冑武者は怯《ひる》んだ。

「余は、なんともない。これしきの傷、戦場においては、傷のうちに入らぬ。大騒ぎしては、皆に笑われるぞ」

「は……」

誠胤の有無を言わさぬ口調に助けられ、剛清の体は地に下ろされた。武者は、すっかり殺気《さっき》を削《そ》がれている。

誠胤は、颯爽《さっそう》と馬に跨《また》がった。現状が飲み込めず、眼を瞬《しばたた》かせている剛清を見下ろした。

「童、名は、なんと申す」

「……たけ、きよ、と申します」

動作の一つ一つが気品に溢れる誠胤に、改めて問われると、なんだか気恥ずかしくなって、言葉が詰まった。

誠胤はどこか寂寞《せきばく》とした笑みを浮かべた。

「剛清よ。よき母を持ったな」

優しく目を細めて誠胤は、囁《ささや》いた。剛清が幾度となく頷《うなず》くと、誠胤は器用に手綱を操り、颯爽と駿馬を走らせた。

「お待ちくだされ、誠胤様！」

取り残された行列が、慌てて誠胤を追って行く。

一騎だけ先駆けの荒武者のように駆けていく小さな背中を、剛清はいつまでもいつまでも眺めていた。

第一章　萬朝報、胎動ス

一

洋灯の明かりのみが微《かす》かに漏れる薄暗い廊下を、確たる足取りで進んでいく青年の影があった。仄《ほの》かに浮かび上がる四肢は、今にも折れそうなほど華奢《きゃしゃ》で、肌は透き通るように白い。まるでサナトリウムから抜け出した闘病人のような容姿だが、穏やかな笑みを浮かべて、一見したところ柔和《にゅうわ》で優しそうな面構えをしていた。

「ちょ、お客様、困りますよ〜。え〜、この先は、ちょっと……」

揉み手をしながら、青年の後姿を追って来る番頭の姿があった。困惑ぎみの顔が、闇夜に浮かんでいる。

「煩《うるさ》いなぁ」

青年は、顔色一つ変えずに切って捨てた。へぇ、とも、うん、とも聞き取れないまごついた声を、番頭は漏らした。

「しかしですねぇ……。ちょうど今は、お楽しみの真っ最中だと思いますぜ、ケケケ」

途端に番頭は、卑俗《ひぞく》な笑みを浮かべた。青年は、侮蔑《ぶべつ》の籠る瞳で番頭を一瞥するだけで、口を噤《つぐ》む。話す価値もないと思ったのであろう。

青年は、一つの戸の前で足を止めた。

耳を澄ませば――いや、耳を澄まさずとも、甘い吐息と、秘めた男女の睦言《むつごと》が漏れ聞こえてくる。嫌がっている素振りのわりに、女の声は、歓喜に満ち溢れていた。が、少しの躊躇《ためら》いもなく青年は、戸を開け放った。

案の定、と言うべきか、一組の布団の上に裸体の男女が、絡み合っている。

青年は躊躇いもなく、足を踏み入れた。

室内は、酒と、白粉《おしろい》、汗と、精液の匂いに満ちていた。

「あら、いやだ。可愛い坊やだこと」

突然の闖入者《ちんにゅうしゃ》に少しも取り乱す様子も見せず、女は艶のある笑みを浮かべた。男を狂わせる娼婦の笑みである。

娼婦の豊満な胸の中に顔を埋めていた男が、うっすらと顔を上げた。

気怠《けだる》そうに、青年を視界に捉え、眼を瞬く。散切《ざんぎ》り頭に、無精髭《ぶしょうひげ》を蓄えた中年の男。浅黒い肌をした、がたいの良い、大柄な男だった。

「御代田遼次《みよたりょうじ》さん、ですね」

青年は冷めた眼つきで、中年男——御代田遼次を見下ろした。

「随分と無粋《ぶすい》な野郎だなぃ」

遼次は、黄色く薄汚れた歯を剥き出しにして、にたりと笑った。濁声《だみごえ》は、ひどく訛《なま》っていて、聞き取りにくい。

「ねぇん知ってる人?」

娼婦は、強請《ねだ》るように中年の汗ばんだ頸筋《くびすじ》に腕を回した。

「いんや」

遼次は、女の乳房を、ごつごつした太い五指で揉みしだく。途端に女は、甘い吐息を漏らした。

挑発的な笑みを、遼次は浮かべた。

「凌雲閣《りょううんかく》十二階下の娼窟《しょうくつ》までお出ましたぁ、何用だんべ?」

「お仕事ですよ。御代田遼次さん」

「そりゃぁ、なにかの間違いだっぺ。おらぁ、無職だからよぉ」

青年は遼次の顔の前に、一枚の紙を翳《かざ》して見せた。

「この答案を書いたのは、あなたのはずですが」

遼次は、初めて動きを止めた。食い入るように紙を見ている。

「あんれまぁ、こりゃ」

どうやら心当たりがあるらしい。合点が行ったところで、青年は紙をぐしゃぐしゃと丸め、床へ投げ捨てた。

茫然《ぼうぜん》と口を開けている遼次を尻目に、青年は顔色一つ変えず、淡々と告げた。

「御明察《ごめいさつ》の通りですよ、御代田さん。先日は萬朝報《よろずちょうほう》紙上で公募した『新聞記者養成のための一小塾を開くの旨意』へのご応募、ありがとうございます。御代田遼次さんの合格が、決定致しました」

ぱちぱちぱち。青年の拍手が、室内に響く。遼次も、娼婦も、番頭も話に全然ついていけずに、ぽかんと口を開けるばかりである。

「では、入塾を希望する場合は、これから僕の後に従《つ》いて来てください。追って来ない場合は、辞退と見なします」

一方的に用件のみを告げると、青年は颯爽《さっそう》と踵《きびす》を返した。

「えっ！　まっ、待ってけれ――おんめぇさは」

青年は、一度だけ振り返ると、ふっと笑った。

「申し遅れました。僕は朝報社記者、幸徳《こうとく》伝次郎。署名を秋水《しゅうすい》。幸徳秋水と申します」

二

凌雲閣《りょううんかく》は、明治二十三年、浅草に建設された赤煉瓦《あかれんが》づくりの八角形の高塔である。高さは五十二メートル。帝都東京で、いや、日本中で一番高い建物だ。西洋の一等国として仲間入りを果たそうと、西洋化を図る明治政府の理想と思惑が如実《にょじつ》に形になって現れた、バベルの塔である。

もっとも、西洋の猿真似——姿形を真似るのは、容易《たやす》いが、人間の本質を変えるのは、難しい。見かけは荘厳《そうごん》な西洋建築だが、内側は魔の娼窟《しょうくつ》となっていた。

完成当初は、朝から晩まで引っ切り無しに観光客が訪れ、最上階の展望室は賑《にぎ》わいを見せた凌雲閣も、人気が凋落《ちょうらく》すると、途端に経営難に陥り、廃墟と化したのだった。

あの中年の色欲魔——御代田遼次は、三階まで階段を下り終えたところで、幸徳秋水青年の後姿を捉えた。

急いで着替えたため、衣服は皺《しわ》が縒《よ》り、着崩れて、胸毛が覗いている。

秋水は、少しも足の速度を緩めることなく、階段を下って行く。

凌雲閣には、エレベーターも完備されていた。ところが、あまりにも故障が多いため、今では動いていなかった。

階を下る二つの足音だけが、無音の闇夜の中を木霊《こだま》する。

追いついた時には外へ出ていた。帝都の空は、曇天《どんてん》に覆われて、はらはらと粉雪が降っている。

遼次は、ぶるっと身震いをし、両の手で己の体を摩《さす》った。

「ひぇー、雪さ降ってるでねぇべか。あぁ、嫌だ。従《つ》いてくるんでねがったなぃや。朝まで、お絹の肉布団に包《くる》まってれば良かったべなぁ」

心底、後ろ髪を引かれ、闇夜の中に重々しく聳《そび》え立つ凌雲閣を見上げた。一人で残して来たお絹の物寂しそうな顔が脳裏を過る。

遼次は、お絹が可愛くてならなかった。たとえ金銭で割り切った関係でも、一度でも契りを交わせば、情が沸くものだ。

「お絹殿とは、先ほどの娼婦のことですか？」

淡々とした口調で、秋水は尋ねた。口からは、白い息が漏れていた。

「んだ、んだ。いんや、寒い日は、女の肌に限っぺなぃ」

脳内で先ほどまでの睦言《むつごと》が再生され、遼次は、鼻の下を伸ばし、眼を、とろんと垂らした。だが、次の秋水の一言が、遼次の妄想《もうそう》を打ち砕く。

「よくもまぁ、あんな醜女と同衾《どうきん》できるなぁ。僕なら、御免蒙《ごめんこうむ》ります」

「ぬぁっ」

遼次は素っ頓狂《とんきょう》な声を上げた。まるで天気の話をするかのように、あっさりと吐かれた毒舌を理解するのに、数瞬ばかり時間が掛かった。

「ぬぁんじゃと？　餓鬼のくせに、生意気な」

「いや、事実を申したまで。僕なら、とても勃《た》ちやしませんよ」

秋水は、合点がいったように、ポンッと両手を合わせた。

「ああ、御代田さんは博愛主義者なんですね」

「あんだって！」

遼次は濁声《だみごえ》を張り上げて、怒鳴った。

「おんめぇ、さっきっから黙って聞いてりゃぁー、良い気になりやがって、こんちきしょう！　そりゃ、お絹は、少し下膨れの、おヽヽヽヽヽ、おかちめんこかもしれねぇが、めんごい女なんだべ。だいたい、女ってぇのはなぁ、顔がすべてじゃぁねぇ。乳がでかくて、尻がでけぇ女がいい。あとは愛嬌《あいきょう》の一つでもありゃ」

怒り心頭で捲《まく》し立てる遼次の言葉を、秋水は一刀両断した。

「いやぁ、顔でしょ。女は美人に限る」

「はー、おんら、頭さ来た。だいたいおんめぇ、随分と若いが、本当に朝報社の記者なのか？　えぇ？」

「記者ですよ。もっとも、僕は、社員ではありません。国民英学会に通いながら、中江兆民《なかえちょうみん》先生の家僕をしていたのですが、優秀な記者が足りないと黒岩先生に泣きつかれましてね。ちょうど国民英学会の授業も飽き飽きしていて、暇を持てあましていたので、朝報社を盛り立てる手伝いをしている、とこういった訳です」

「ははぁん、ってぇと、つまり、あれだな？　記者見習いってとこだっぺ？　おんらの助手になんだべ？」

遼次は下品な笑みを浮かべた。

「わざわざ娼窟《しょうくつ》まで出迎えたぁ、記者見習いも、大変だなぃや。まぁおんらは代々、三春秋田家の祐筆《ゆうひつ》として仕えた家の出身じゃ。もとより文を書くのは得意じゃ」

秋水は足を止めた。不思議な生き物でも見るかのように、遼次を眺め見た。

「面白いご冗談を仰《おっしゃ》いますね。いったい御代田さんの度下手糞《どへたくそ》な文章の、どこを見習えと仰《おっしゃ》るのですか」

口調は穏《おだ》やかだが、ちくいち癪《しゃく》に触《さわ》る言葉である。

「だいたい、あなた、一つ、勘違いしてやいませんか」

秋水がずいっと身を乗り出し、遼次は仰《の》け反《ぞ》るように後ずさる。

「御代田さんが合格したのは、あくまで『新聞記者養成のための一小塾を開くの旨意』であって、朝報社の採用試験ではありません。僕の下で、しばらく記者見習い兼助手として働いていただきます。朝報社に入社できるかは、これからの働き次第ですね」

「鬼か！」

思わず、遼次は叫んだ。

「辞退されますか？」

にんまりと満面の笑みを、秋水は浮かべた。まるで「さっさと辞めてくれ」と言わんばかりだ。

いや、言葉に出さないだけで、早く辞めて欲しいと思っているに違いない。

ひょっとすると、ただ働き同然で扱《こ》き使える助手が欲しいだけで、社員にするつもりなど、毛頭ないのかもしれない。

遼次は、がっくりと肩を落とした。

所詮《しょせん》は無職。遼次に選択肢などなかった。中年の落ちぶれた士族を採用してくれる会社など、そうそうない。

そもそも、お絹に入れ上げて凌雲閣《りょううんかく》に通い詰めたおかげで、蓄えは底を突いた。米櫃《こめびつ》までも底を突いた憂さ晴らしに書き殴って送りつけた小論文が、まさか合格するとは思わなんだ。

この先、就職の宛などない。しばらくは、糞餓鬼《くそがき》の子守だと思って、耐えるしかなさそうである。

「はぁー、で、こんな真夜中に、いったいどこさ行くんだべな。ええ、先生よぅ」

秋水は眼の奥を光らせた。

「実はね、御代田さん。事件なんです」

三

いずこともなく歩き出した秋水の背中を、遼次は追った。

夜の浅草は、得体の知れぬ町であった。何屋とも区別のつかぬ小物問屋が、息を潜めるように乱立している。下水からは微《かす》かに饐《す》えた匂いが漂っていた。

丑三つ時だというのに、決して人影がないわけではなく、たまに夜鷹《よたか》のような私娼や、浮浪者然とした男の影とすれ違う。

巨大なマッチ箱に似た小物問屋と長屋が乱雑に並ぶ路地は、迷路のように入り組んでおり、少しでも気を抜くと、迷子になりそうだ。

実際、遼次は一体全体どこへ向かっているのか見当もつかなくなっていた。漠然とした不安が、遼次の胸中で燻《くすぶ》っている。どこか見知らぬ異世界へ足を踏み入れたが最後、二度と戻れぬような気がした。

しだいに小さくなっていく凌雲閣《りょううんかく》の仄《ほの》かなネオンだけが、遼次に帰る道を照らしている。

「いってぇどこさ行くんだ？」

沈黙に耐えきれず、遼次は尋ねた。

行き先だけではない。質問は、山ほどある。事件とはなんなのか。辿り着いた先で、こんな夜中に何をするつもりなのか。

「癲狂院《てんきょういん》ですよ」

前だけを見つけたまま、決して振り返らずに、秋水は答えた。

思わぬ返答に、遼次は度胆《どぎも》を抜かれた。

癲狂院とは、狐憑《きつねつ》き（精神病患者）専門の病院である。

とすれば、秋水が向かっているのは、上野にある東京府癲狂院であろう。

東京府癲狂院の前身は、明治五年に設置された養育院である。

当所は、戊辰《ぼしん》戦争や廃藩置県《はいはんちけん》の混乱で生じた行き場のない浮浪者や孤児を収容する施設であった。

だが、集められた収容者の半数以上が精神病患者であったため、東京府本郷から上野へ移転し、東京府癲狂院となった。

しかし、癲狂院で起こった事件となれば、さぞや焦臭《きなくさ》く、そこはかとなく只事ではない気配が漂っている気がする。

そもそも、こんな真夜中に押し掛けても、門は固く閉ざされているだろうし、中には入れないのではなかろうか。

「いったい癲狂院で、何するつもりだっぺ？」

咎めるような口調で遼次は尋ねた。

「もちろん、取材ですよ」

が、秋水は相変わらず、あっさりのほほんとしており、暖簾《のれん》に腕押《うでお》しであった。

「こんな丑三つ時に、取材も糞もあるか。狐の霊にでも、話を聞くつもりか」

秋水は、けらけらと女のように高い声を立てて笑った。

「面白いことを言いますねぇ、御代田さんは」

刹那《せつな》の静寂が流れた後、秋水は声を押し殺した。

「御代田さんは、相馬事件を御存じですか？」

「ん？　相馬事件？」

その言葉には聞き覚えがあった。いつだったか、世間をひどく賑《にぎ》わせた事件だった気がするが。

喉首《のどくび》まで出かかっているのだが、どうにも、うまく思い出せない。小骨が喉に突っかかって、いつまでも取れぬような、嫌な気持ちだ。

「ま、簡単に言えば、旧陸奥中村城主であった相馬家の、お家騒動です」

「ああ、相馬誠胤《ともたね》公の事件だっぺ」

やっと溜飲《りゅういん》が下がる思いがした。

「おや、お詳しいのですか？」

意外そうに秋水が振り返る。

「いんや。おんらは田舎が福島なんだっぺ。相馬の殿さまの醜聞《しゅうぶん》とあっでは、他人事《ひとごと》とは思えねぇで、なんとなく覚えてたぐあいだべした」

相馬事件は――そう、今から十年ほど前の事件だった。当時、旧中村城主、相馬誠胤は精神疾患を生じて、自宅の座敷牢《ざしきろう》に監禁《かんきん》されていた。

だが、旧家臣の錦織剛清が主君の病状に疑いを抱き、家令の志賀直道（志賀直哉の祖父）ら、関係者を告発した。

「相馬家と言えば、奥州相馬中村六万石の小大名です。仮にもし御一新前に起こった事件ならば、あれほど派手に騒がれはしなかったでしょうね。維新後、多くの小大名が没落していく中、華族《かぞく》となった相馬家は、足尾銅山の経営を成功させて巨額の富を得た。『富み百万』とまで称された相馬家の醜聞《しゅうぶん》を、面白がらない人は、まず絶対いません」

「いんや、あん事件は、皆、錦織剛清の忠義心に胸を打ったんだっぺ。錦織剛清はまさに赤穂浪士に勝るとも劣らぬ義士だ」

御家騒動の物語は数多くあるが、忠義心の熱い英雄の存在は不可欠であろう。

実際、この事件が物議《ぶつぎ》を醸《かも》した当所、世間の多くは錦織剛清に肩入れした。遼次もまた錦織剛清に熱く胸を打たれた一人である。

もっとも、錦織剛清の訴えは結局、退けられた。追い詰められた錦織は、相馬家邸内へ不法侵入し、座敷牢から相馬誠胤を強制的に奪還しようと試み、捕縛される。

禁固刑を喰らったところで、騒動は、一応の落ち着きを見せた。

秋水は、にやにやと嫌《いや》らしい笑みを浮かべた。

「実は、その狐憑きの殿さま――相馬誠胤が、昨夜、癲狂院《てんきょういん》から連れ去られた、との極秘情報を掴みましてね。しかも、その誘拐犯が、錦織剛清だと」

「にしごっ……痛ッ」

吃驚《きっきょう》のあまり大声を発した遼次の足を秋水は、思い切り踏み潰した。

赤貧《せきひん》のため、素足に草履《ぞうり》といった、真冬とは思えぬ遼次の足許に比べ、秋水は頑丈で暖かそうな革靴を履いていた。

装備に違いがありすぎた。あまりの痛みに、遼次は悶絶《もんぜつ》する。

だが、秋水は少しも悪びれた素振りを見せず、むっと口を尖らせた。非は遼次にあると言わんばかりである。

「まったく、静かにしてくださいよ。まだ朝報社だけが掴んだ特種なんですからね。情報が洩れて、他社に出し抜かれたら、どうしてくれるんですか！」

遼次は恨めしく秋水を睨んだが、焼け石に水である。秋水は、構わずに細く整った眉を吊り上げて、捲《まく》し立て続ける。

「いいですか、御代田さん。新聞業界は今や、食うか食われるかの弱肉強食《じゃくにくきょうしょく》の世界なんです。昨日の大新聞が、今日には廃刊へ陥っても、不思議ではないんですからねっ」

秋水の主張は大袈裟《おおげさ》だが、しかし帝都東京には大新聞から小新聞まで、数え切れぬほどの新聞が溢れ返っている。遼次が知っているだけでも、『東京日日新聞』、『都新聞』、『明治日報』、『時事新報』、『郵便報知新聞』、『自由新聞』、『絵入自由新聞』等々。

知名度に胡坐《あぐら》を掻《か》き、他社の中に埋没するようなつまらぬ記事を書いていては、購読者は、あっという間にどこかへ消えてしまう。

いかに他社を出し抜き、センセーショナルな煽《あお》りで、購買者の眼を惹き付けるか、これが一番の肝心だ。

「相馬事件に関して言えば、朝報社は実に出遅れています。十年前、相馬事件が世間を賑《にぎ》わせた時、朝報社はまだこの世に存在していなかったのですから、仕方がありませんけどね。これは忌々しき事態ですよ」

秋水は自嘲《じちょう》気味に苦笑した。

四

小半刻も経たぬうちに東京府癲狂院《てんきょういん》に辿り着いた。

いつの間にか、雪は止んでいた。暗雲《あんうん》は流れて、鎌のように丸く鋭い月が漆黒《しっこく》の闇夜《やみよ》の中から顔を覗《のぞ》かせている。

仄《ほの》かな月明かりを浴びて、癲狂院の白い壁が、ぼんやりと浮かび上がっていた。消毒液の匂いが、そこはかとなく立ち込めているような気がした。

窓には鉄格子が、きつく填め込まれている。薄気味の悪い建物だった。

正面の門は、やはり固く閉ざされている。人影は見当たらなかった。

二人は病院の外周を辿るように、ゆっくりと歩いた。

外壁は、どこまでも続いていく。敷地面積は、かなり広大なようだが、すべて外部との連絡の一切を遮断《しゃだん》するかのように高い塀と柵に囲まれていた。

「こりゃ、病院というよりも、監獄《かんごく》だないや」

猫の子一匹たりとも迷い込めそうにない外壁を辿りながら、遼次は呻《うめ》くように呟いた。

巨大な檻《おり》の中に、一生ずーっと閉じ込められて過ごすなど、想像するだけで、気が触れそうだ。

もっとも塀の内側にいるのは、元から気が触れている連中ばかりなのだろうが。

「監獄と言っても、差支えないでしょうね。この高い外壁や柵は、なにも泥棒を警戒して造られたのではないでしょう。入院患者を外へ逃がさないためですよ」

遼次は、相馬事件の渦中の人物、相馬誠胤の心情を思った。

座敷牢という籠からようやく解放されたと思えば、次もまた、自由のない檻の中の生活が待っていたわけだ。

なんともまあ、やるせない話ではないか。

「精神疾患は、一人一人、症状も違いますし、特効薬もありませんからね。いつ終わるとも知れぬ介護を延々と続けるのは、辛《つら》いものですよ。金にものを言わせれば、その労苦を他人が代わってくれるのだから、便利な世の中になったものです。互いを不幸にしない、賢明な生き方です」

秋水は薄気味の悪い笑みを浮かべた。

「もっとも、本当に介護が必要なほどの重度の精神疾患を患《わずら》っていたならば、の話ですがね」

寒風が、びゅう、と吹き抜ける。

「なに？」

「ふふふ。たったの一人、己だけが正気の場合も、あるかもしれませんよ。狂っているのは、周囲の人間たちなのかもしれない」

遼次は背筋を震わせた。

もし、十年前に錦織剛清が訴えたように、相馬誠胤が家族に不当監禁を受けていたならば――。

相馬誠胤は正気であったにもかかわらず、家族は、示し合わせて誠胤を陥れたことになる。

いったい、なんのためだ？　血族から異端者《いたんしゃ》と決めつけられ、自由を奪われた誠胤は、はたして正気を保つことができたのだろうか……。

「では、御代田さん。癲狂院に忍び込みましょう」

「え！」

物思いに耽《ふけ》っていた遼次は、秋水の言葉で、強引に現実へ引き戻された。

顔を上げた時には、すでに秋水は軽い身のこなしで壁をよじ登り、柵を飛び越えていた。

なんてやつだ！　不法侵入に対する躊躇《ちゅうちょ》など、欠片《かけら》も感じられなかった。

「ほら、御代田さんも早く」

壁越しから、小声ではあるが、急《せ》かす声が聞こえて来る。

「犯罪だっぺした」

「法律など、糞くらえです！　そんなもの遵守《じゅんしゅ》していては、特種は掴めませんよ。むしろ臭い飯を食べ、強制労働をこなしてこそ、一人前の記者になれるというものです。豚箱《ぶたばこ》行の一晩や二晩が、なんだというのですか」

遼次が二の足を踏んでいると、壁越しから怒りを押し殺したような、殺気の漂う罵声《ばせい》が飛んで来た。

「いいですか、御代田さん。朝報社は、警察よりも相馬家よりも何よりも、まず錦織剛清を見つけ出さねばならぬのです」

「それ……取材の範疇《はんちゅう》を逸脱《いつだつ》してねぇのけ？」

「わかりました。残念ですが、嫌がる御代田さんを無理に連れ回すわけにはいきません……。ここから先は、僕一人でいきます」

急に秋水が萎《しお》れた声を出す。なんだか嫌な予感が胸中で渦を巻いた。

「短い間でしたが、お疲れ様でした。御代田さんは、ここで落第ということで……」

秋水が壁の向こうで、にんまり意地の悪い笑みを浮かべている姿が、脳裏にありありと浮かんだ。

「この、あほんだらがっ！」

遼次は柵に足を掛け、門を躍り越えた。

五

人間万事、慣れぬことは、するものではない。年老いたのなら、なおさらだ。

闇夜の中で遼次は白い壁をよじ登り、柵を飛び越えた。

幸徳秋水青年が軽々と飛び越えてみせた姿が、脳裏に焼き付いていたのもよくなかったであろう。

威勢よく壁に飛びついた遼次だったが、勘違いの末期《まつご》は悲惨だった。柵に袴《はかま》を引っ掛けた遼次は、頭から落下し、顔面を白い壁に強打した。

しかし、地面に頭を強打しなかっただけマシというべきか。地面へ直撃まで、あと数寸、というところで、遼次は逆さ吊り状態となった。

重力に負けた髪が地面に向かって伸びている。露《あら》わになった額を、いや、顔面を強風が打ち付ける。

痛い。北国育ちの遼次は、寒さが度を越えると、痛みに変わると身を以《もっ》て知っている。しかし、遼次は顔面を強打したばかりでもある。

いったい、この痛みは、顔を打ち付けたからなのか、凍《しば》れるような寒風のせいか。

いや、今は痛みの原因を探るなどの些末《さまつ》なことは、どうでも良い。どうせ、両方に決まっている。

それよりも、現状の、まるで蝙蝠《こうもり》のように宙に浮いた状態から脱出せねばなるまい。袴は、どうも破れて柵に深く絡まりでもしたのか、引っ張っても、うんともすんとも言わぬ体《てい》たらくである。かといって、大声を出して助けを呼ぶわけにもいくまい。なんといっても、ここは精神を病む患者の監獄――東京府癲狂院《てんきょういん》なのだし、遼次は患者ではなく、不法侵入者なのだから。

遼次は腕を組んだ。今にも頭に血が上りそうである。いや、事実、遼次の体を巡る血液は、逆さ吊りとなった遼次の脳へ集中して向かっているに違いないが。

はて。そういえば、幸徳青年は、どこへ行方を晦《くら》ましたのであろうか。遼次は、周囲を見渡した。あの薄情《はくじょう》な青年は、どこへ行ったのか。まさか、遼次を捨て置いて、さっさと病棟へ忍び込んでしまったのか。

いや、すでに引導《いんどう》は渡されているわけだし、幸徳青年が立ち去った後でも、おかしくはないのだが。それにしたって、あまりに非人情、あまりに無慈悲過ぎはしまいか。

「おい、秋水、いねぇのか。あ、いや、秋水先生、幸徳秋水大明神様！　どうか、お力を！」

小声で呼んでみるものの、風に吹かれる木々のざわめきが聞こえるばかり。

人っ子一人、猫の子一匹、返事を寄越すものはない。

もともと闇夜だが、目の前が暗くなる。いったいこのまま、どうなるのか。翌朝、職員に発見され、不審者として警吏《けいり》に引き渡されるのだろうか。

いや一晩、放置されては凍死するのではないか。死にはしなくても、凍傷となって、指の一本や二本、切り落とす顛末《てんまつ》になるのではあるまいな。

指を失くし、拘置所内で震えている、未来の惨めな姿を想像し、悪寒が走った刹那《せつな》。微《かす》かに人影のようなものが、こちらへ向かってくる光景が見えた。

さすれば、いつまでも追ってこない遼次に痺《しび》れを切らした秋水が戻って来たのではないか。

「おぅ〜い！　おらは、ここだ！　助けてくんろぅ〜！」

半ば泣きべそを掻いたような有様で、遼次は必死に両手を藻掻《もが》いてみせた。

黒い影の主は、幻ではなかったようである。遼次に気付き、手を振り返してきたではないか。

地獄に仏とは、まさにこのことだ。

黒影は遼次の元まで来ると、有無を言わさず、強引に袴を思い切り引っ張った。

「あっ。何すんだ。千切れちまうべっ。せっかくの一張羅《いっちょうら》が……！」

遼次の忠告は遅かった。闇夜にブチッと嫌な音を響かせて、遼次は頭から地面へ落ちた。頭を打ち、強《したた》かに背中を強打する。

「いってぇっ。ちくしょう、もう少し、優しくできねぇのけ」

背を摩《さす》りながら、遼次は飛び上がった。案の定、袴は裾が切れて、襤褸《ぼろ》雑巾《ぞうきん》も同然になっていた。

が、影の主は遼次を無視したまま、壁によじ登ろうと、手を掛ける。

「おい、もう逃げ帰るってぇのけ、秋水先生よぉ」

肩に手を掛けた遼次は、振り向いた男の鋭い眼光に射抜かれて飛び上がった。

「おめぇは誰だっ」

闇の中で、はっきりと顔も見えず、声も発せぬで、ついぞ気が付かなかったが、なんと黒い影の主は、幸徳秋水青年ではなかった！

白髪である。どこぞのお大臣かのような立派な顎鬚《あごひげ》が、風に靡《なび》いている。眉太く、眼光鋭く、白い髪は生え際が後退し、広い額には幾重もの皺が寄っている。

「其方《そのほう》こそ、誰じゃ」

低く凄みのある声が、響く。

「吾輩《わがはい》を誰と心得ておるのじゃっ！」

謎の初老の男は、ふてぶてしく身を反《そ》り返す。まるで自分を知っていて当然だと言わんばかりだが……。

「ど、どちらさまで？」

遼次は頭を掻いた。

「なに？　吾輩を知らぬとは潜《もぐ》りな奴じゃ。吾輩は将軍なるぞ！」

「ええっ」

さらに深く男は偉そうに腰に手を当てて身を反った。

「今上《きんじょう》陛下（明治天皇）は、吾輩の兄でもある」

「え？　あぁ……」

遼次はやっと現状を理解した。全く、驚いて損をした。

丑三つ時に病院の外壁をよじ登る将軍がいるものか。ましてや、今上天皇の血族なわけがない。

つまるところ、この初老の男こそ、この監獄から脱走を企てている真っ最中の患者に違いない。

この誰にでも看破《かんぱ》できるような真っ赤な嘘、誇大妄想癖《もうそう》こそ、男が患者である証に違いない。

「おい、貴様、頭《ず》が高いぞ！　誰が助けてやったと思っておる！」

誇大妄想癖の大将軍は大いに威張り散らし、地団駄を踏んだ。

出自を明かしたにも拘《かか》わらず、遼次が頭を下げぬのが気に食わぬらしい。

「そう仰《おっしゃ》られても……がっ」

背中から強い一撃を受けて、遼次は倒れ込み、地面に突っ伏した。

「葦原《あしはら》閣下、お久しぶりですっ」

天から甲高《かんだか》い声が降ってくる。

「おぉ。お主は、誰だったかのぅ。いつぞやの記者の……」

「覚えていただいて恐縮です、閣下！　萬朝報社《よろずちょうほう》、記者、幸徳伝次郎、署名を秋水。幸徳秋水でございます！」

猫を撫でるような、今にも揉み手でも始めんばかりの幇間《ほうかん》口調の声に、遼次は吐き気を覚えた。

「……糞餓鬼《くそがき》が……、何をしやがる……」

亡霊の如く、ゆらゆらと遼次は起き上がる。地面に強打して痛む背中に追い打ちを懸けるような、秋水の飛び蹴り……許すまじ……。

「御代田さん！　何を大声で騒いでいるかと思えば。身の程《ほど》を知って欲しいですね。このお方を、誰方《どなた》だと思っているのですか」

瀕死《ひんし》の状態で起き上がった遼次の耳元に、秋水は囁《ささや》いた。蔑《さげす》み呪《のろ》うような冷徹《れいてつ》な声であった。

「誰方って……おま、誇大妄想癖《こだいもうそうへき》の精神しっか……痛っ」

手の甲を思い切り抓《つね》られて、遼次は口を噤《つぐ》んだ。

「葦原《あしわら》金次郎殿――通称、葦原閣下は、この病院の名物男と知られ、そのユーモア溢れ、珍妙かつ激烈《げきれつ》な物言いは、読者に、それはそれは大好評で」

「記事にしてるんか！」

「いひひ。なにしろ記者の間では、種に困ったら、葦原将軍閣下に聞きに行けと言われてるぐらいで。機嫌《きげん》を損ねられたら困るんですよ、全く。文句は葦原閣下よりも面白い記事の一つや二つ書けるようになってから言ってもらいたいですね」

秋水は、目を三日月のように嫌らしく丸めて北叟笑《ほくそえ》み、返す言葉もない遼次へ背を向けた。

「葦原閣下。どうやら我が社の新人が、どえらい粗相《そそう》を致しましたようで、申し訳ありません」

秋水は満面の笑みで、へこへこと頭を下げている。まるで本当の将軍にでも接しているかのような態度だ。

まさか、この妄想《もうそう》患者が申すまま本当の将軍だと信じるほど阿呆《あほう》でもあるまいに。

「うむ、気をつけてたもれ。次はないぞ」

将軍級の扱いに満足したのか、誇大妄想癖男は満更でもなさそうに顎鬚《あごひげ》を撫でた。

「して、閣下。今日は、どちらへお出かけで？　本日は、閣下にお聞きしたき儀があって参上したのです。閣下の部屋が蛻《もぬけ》の殻《から》だった時は、肝を冷やしましたよ！」

どうやら秋水は、この葦原閣下が目当てだったらしい。

慇懃《いんぎん》に頭を下げられると、悪い気はしないのか、葦原将軍は、頬を紅潮させ、強く頷《うなず》いた。

「なに、ちょっと夜風を浴びようと思っただけじゃ。なんでも聞いてたもれ」

今まさに脱走しようとしていただろう、という突っ込みを遼次は、なんとか喉元で食い止めて飲み込んだ。次は、どんな制裁《せいさい》が待っているかわからない。

「そうだのぉ。吾輩が西南戦争で、乃木希典《のぎまれすけ》めが奪われた連隊旗を取り返してやった時の話なぞは……」

「閣下は、もちろん相馬の殿様は、ご存知ですよね？」

秋水は満面の笑みで、葦原将軍の武勇伝を遮《さえぎ》った。

しかし、西南戦争で敵軍に奪われた連隊旗を奪い返した話とは……誇大妄想とはいえ、少し聞いてみたい気もするが。

「相馬？　おお、知っておるぞ。あの、ひょろっこい若造じゃな。奴は駄目じゃぞ。目に生気がないわい。軍人には向かぬじゃろう」

至極真顔な顔つきで、葦原閣下は答えた。どうも、話が支離滅裂《しりめつれつ》である。相馬の殿様と軍隊は、なんの脈絡《みゃくらく》もない。

取材をするのは良いが、果たして、葦原閣下の話は信頼に足りるのだろうか。

無駄足だったのではあるまいか。心底、摩天楼《まてんろう》の極楽《ごくらく》から抜け出して来た行為を、遼次は悔いた。

「最後に殿様を見たのは、いつです？」

辛抱《しんぼう》づよく秋水は尋ねた。

「昨日じゃ。おお、そうじゃった！　あやつ、神隠しに遭《あ》ったのじゃ」

なにか思い出したらしい。葦原閣下は興奮気味に捲《まく》し立てる。

「なんと、神隠し！」

絶妙な瞬間を見計らい、秋水が相槌《あいづち》を打つ。うまいものだと遼次は感心しきりで、秋水を眺めていた。

新聞記者とは、文章力だけではなく、相手の話を引き出す〝良い聞き役〟を演じる能力も必要なのか。

「あれは、神隠しに相違いない。なにせ鞍馬天狗《くらまてんぐ》が、掻き抱くようにして連れ去ったのじゃ。風のように壁を飛び越えての」

葦原将軍は顔を青ざめさせた。

「ありゃあ、山に連れ帰られて、天狗どもに食われてしまったに違いない。あな怖ろしや……」

「閣下は、見ていらっしゃったのですか」

秋水は歓喜に満ちた声を上げた。まさか秋水も、葦原将軍が誘拐現場を目撃していたとまでは予測していなかったに違いない。実に幸運である。

もっとも……将軍の語る言葉が、真実であれば、だが。

患者が一人、誘拐されたとなれば、院内も大騒ぎであったに違いない。将軍がお得意の誇大妄想癖を駆使《くし》して、さも目の前で起こった誘拐劇の如く語るのは容易《たやす》かろう。

「吾輩は、日課である夜の散歩をしておったのでな」

至極当然そうに葦原閣下は頷《うなず》いた。入院患者が夜の散歩を日課とするはずがない。閣下は脱走の常習犯に違いないと、遼次は踏んだ。

秋水は、ぐっと身を乗り出した。

「して、相馬の殿様と鞍馬天狗が、なにやら言葉を交わすのを聞いてはおりませんか？」

「うむ……」

葦原将軍は腕を組み、目を瞑《つむ》り、なにやら考え込んだ。

よもや妄想をしているのではあるまいな、と遼次は茶々を入れたくて、どうにも落ち着いていられない。

「『これ以上、心酔《しんすい》はいけない……』『紫が待っている……』」

「え？」

「吾輩が聞いたのは、それだけじゃ」

その時、病棟のほうから数人の足音が響いてきた。手持ち洋灯の仄《ほの》かな明かりが近づいて来る光景が見える。

「わ、吾輩はこれにて失敬っ」

葦原閣下は、慌てふためいて逃げていく。秋水は、いかにも名残惜しそうに舌打ちした。

「どうやら当直の職員に気付かれたようですね。ここは、とにかく、ずらかりましょう」

秋水は、来た時と同様に楽々と壁を乗り越えた。

「あ、ちょっと待て、こら！」

痛む腰に鞭を打って、遼次もまた壁をよじ登る。袴を引っ掛けぬよう、今度は慎重に壁を跨《また》ぐ。

鈍《どん》くさい動きをする歳老いた弟子を気長に待っているほど、秋水は情け深くなかった。追手がいるのならば、尚更だろう。

「それでは御代田さん。また明日！」

秋水は闇夜の中を、颯爽《さっそう》と駆け抜けていく。

「おいっ、待て」

どんどん近づいて来る追手の足音を聞きながら、遼次は壁を飛び下りた。

もう秋水の背中は、霞《かす》んでほとんど見えなくなっていた。

「誰ですかっ。そこにいるのはっ」

壁越しに職員の罵声《ばせい》が飛んでくる。こうなりゃ、逃げるが勝ちだ。

遼次は、やけくその思いで、秋水が走って行った方向とは正反対の方向へ駈け出した。分散して逃げたほうが、追手も撒《ま》きやすいに違いない。

すぐに息が切れた。明らかに運動不足だった。

激しい動悸《どうき》に襲われながらも、遼次は懸命に走った。

草履が擦り切れる。気が付けば、裸足《はだし》で駆けていた。いくら寒風に打たれようとも、体中から熱が込み上げて来る。

こんなに我武者羅《がむしゃら》に走ったのは、何年ぶりだろうか。

遼次は、束の間、童心に返り、故郷の畦道《あぜみち》を駆けているような感覚に陥った。

心の奥底に眠っていた、ずっと忘れていた気持ちが、じんわりと溶け出して来たような気がした。

第二章　前門之虎、後門之狼

一

絹のような優しい朝の光が差し込む小春日和《こはるびより》である。遼次は掻巻《かいまき》に包《くる》まり、朝寝坊を決め込んでいた。

昨夜の極楽の続き――お絹と乳繰り合う淫夢《いんむ》に浸りながら。

お絹の厚い唇を吸い、豆腐のように柔らかい胸を揉みしだき、鞠《まり》のように丸い臀部《でんぶ》を撫で回す。

ああ、もう体中の皮膚が蕩《とろ》けて、崩れてしまいそうだ。

「ごめんなすってー。あらよっと」

「あ、ちょっと待って！　文机《ふづくえ》は、こちらへ運んで下さい」

「おうーい。この布団は、どこへ運んだらいいんだい？」

土足で上がり込んだ押し込み強盗のような荒っぽい足音がしたと思いきや、忙《せわ》しない会話が飛び交う。

「すわ、何事かっ」と遼次は跳ね起きた。

「な、なななんだ、お前ら」

厳《いか》つい二人の人足が、見覚えのない家具やら書物やらを遼次の借家に運び込んでいる。

家財の配置について、あーでもないこーでもないと指示を出しているのは、忘れもしない、昨日とんでもない出会いを果たした、朝報社記者の幸徳秋水青年である。

「あ、おはようございます。御代田さん」

秋水は目を合わせた途端、相変わらず愛想の良い笑みを浮かべた。

「なして、おめさが、ここに？」

「昨夜、また明日と申したじゃありませんか」

にっこりと秋水が破顔《はがん》する。

たとえ万人が騙《だま》されても、遼次は二度と騙されぬであろう。あどけない笑顔の裏には、犬も食わぬ凶暴な腹黒い素顔が隠されているのである。

できれば、昨夜の出来事はすべて夢、幻であってほしかった。が、目の前でにこにこ笑っている秋水の姿が、遼次に過酷《かこく》な現実を突き付けている。

「なんだぁ、この家財道具は」

「ええ、僕の家財ですが。なにか?」

悪びれる素振りを欠片《かけら》ほども見せずに、秋水は答えた。が、少しも返答になってない。遼次は寝癖で乱れまくった癖毛の散切《ざんぎ》り頭を掻き毟《むし》る。

「なぜ、おらげさ運び入れてるんだ!」

「今日から僕も、この家に住むからです」

「な……」

遼次は絶句した。秋水は涼しい顔で、文机に書物を並べたりしている。

「なしてだ」

「だって、黒岩先生の奥方と来たら、ヒステリーが酷《ひど》いのなんのって。とても居候《いそうろう》などしていられませんよ」

秋水は章魚《たこ》のように口を窄《つぼ》めて、そっぽを向く。まるで自分の行動が、さも正当であると言わんばかりだ。

意味がわからない! 遼次は、自称将軍の葦原金次郎と話すほうが、まだ言葉が通じる気がした。

「お、お、お、おじさまぁ……」

その時、襖《ふすま》の向こうで、蚊の鳴くような、うら若い娘の声がした。

「おお、朝子！」

遼次は飛び上がった。すっかり失念していたが、この借家には、もう一人、大事な居候がいるのである。秋水は、にやっと嫌らしい笑みを浮かべた。

「ほほう。御代田殿は手元不如意《てもとふにょい》の分際《ぶんざい》で、摩天楼《まてんろう》の女郎以外にも囲ってる女が……むぐっ」

堪《たま》りかねて遼次は、秋水の口を塞いだ。

「そ、そのお方は、だだだ、誰なので、ありますか」

小鳥の囀《さえず》りのように愛らしい声には、不安が滲んでいる。本人が襖から顔を出す気配はない。

「新しい仕事の……そうだ、部下だっぺよぉ、部下」

むぐむぐと腕の中で秋水が藻掻《もが》いている。部下と紹介されたのが、納得いかぬらしい。

「まぁ！　おじさま、やっと新しい仕事が決まったんですのね」

ぱっと少女の声が明るく輝く。

「しかも、いきなり配下の者が付くなんて、おじさま、凄《すご》いです！　今日は、お祝いに御馳走を作らないといけませんわね。さっそく、お買いものに行って参りますわ」

結局、声の主は一度も襖から顔を見せなかった。小走りで去っていく足音だけが、残った。遼次が青息吐息《あおいきといき》をついた時。

「あいたっ」

秋水に掌《てのひら》を噛みつかれ、思わず手を離す。

「なにすんだっぺ」

「それは、こっちの台詞ですよ。まったく、汚い手で触らないでください」

「なんだとぉ」

ちくいち癪《しゃく》に障《さわ》る餓鬼である。

「で、今の娘は誰です？　姿は見えませんでしたが、随分と若そうな声でしたね。あ！」

秋水は、ポンッと両手を叩いた。

「源氏物語でいうところの紫の上ですね……自分好みの女に仕立て上げた挙句《あげく》に喰《く》らうと……痛っ」

思わず頭を引っぱたいた遼次を、秋水は恨《うら》めし気に見上げる。

遼次は、目を逸《そ》らした。

「ただの姪っ子だべ。西村朝子と言うんだ。引っ込み思案の臆病で、なかなか外に出たがらねぇもんで、心配して親が、おらんとこさ寄越したんだ。東京の女学校でも行かせれば、ちったぁ明るくなるんでねぇかと」

「ふーん」

秋水は、もはやすでに興味を失ったらしい。生返事を浮かべるだけで、座布団——遼次の家に座布団はない、持参に違いない——に腰を下ろして、分厚い書物をぱらぱらと捲《めく》り始めた。

「おい。わかったらでてけ。うちには若ぇ娘もいるんだ。おめさを住ませるわけにはいかねぇど」

怒気を含めて遼次は諭《さと》したが、秋水が聞く耳を持つはずがない。

「僕を御代田さんみたいな獣《けもの》と一緒くたにしないで欲しいですね」

「なんだとぉ」

「僕、面食いなんですよ。とびきりの美人にしか興味ありませんから」

しれっと澄ました顔で秋水は嘯《うそぶ》いた。

「まだ朝子の顔を見てねぇだろうが」

「えー……御代田さんの血縁者でしょう？」

今更ながら本当に無礼な奴である。御維新前であれば、切り捨て御免にしてやりたいところだ。しかも傍若無人《ぼうじゃくぶじん》なこの上役は、家を出ていく気配すら見せない。梃子《てこ》でも動かず、地震が来ようが、火災が起ころうが、居座り続けるに違いない。

遼次は嘆息《たんそく》した。

「しゃあんめぇ。朝子の前で、凌雲閣《りょううんかく》の話はしねぇでけろよ。おじさまの威厳《いげん》に係わる」

秋水は、きょとんと眼を瞬かせた。

「なぜです？　あの子、ちゃあんと知ってましたよ。なにせ昨夜、御代田さんが凌雲閣の娼窟《しょうくつ》にいると教えてくれたのは、あの子ですからね。もっとも、玄関の戸を開いてくれなかったので、やっぱり顔は見てませんがね」

穴があったら入りたい……これほどまでに羞恥心《しゅうちしん》に苛《さいな》まれた事態はなかった。虚ろな目で天井を眺めながら、遼次は、なかば本気で庭先に穴でも掘ろうかと考えた。

「ところで、御代田さん。錦織剛清の件ですがね」

遼次の威厳《いげん》など秋水はどうでも良いに違いない。冷めた視線を遼次は浴び、はっと顔を上げた。落ち込んでいる場合ではない。秋水が家財道具ごと押し掛けて来たせいで、すっかり失念していた。

誘拐された狐憑《きつねつ》きの殿さまの居場所を突きとめる調査こそが、本来の目的ではないか。

「こちらへ寄る前に、朝報社にも顔を出して来たのですが、特に目新しい情報は入ってませんでした」

つまり、目下、二人の行方を知る手立ては一つもないというわけだ。いや……。

「憶えてます？　昨日、葦原閣下が仰《おっしゃ》った言葉……」

「『これ以上、心酔《しんすい》はいけない』――あとは、『紫が待っている』だったなぃ」

遼次は、自称〝葦原将軍〟の呆けた顔を、ありありと思い返した。蒸し返せば、蒸し返すほど、おかしなジジイであった。

次に会った時は、しばいてやりたいところだが、再び秋水の飛び蹴りを喰らうのは御免だ。

「僕たちが、錦織剛清の行方を知る唯一の手がかり、というわけです」

真剣な面持ちを秋水は浮かべている。遼次は眉を顰《ひそ》めた。

「安易に信用して大丈夫け？　誇大妄想壁の惚《ぼ》けた糞爺《くそじじい》じゃねぇか」

にやっと秋水は意地の悪そうな笑みを浮かべた。

「良い質問ですねぇ、御代田さん。新聞記者の神髄《しんずい》は、何事も疑って懸かることです。水が葡萄《ぶどう》酒《しゅ》に化けるはずがない、死者が復活するはずがないってね。僕たちは常に真実を見抜く眼を養わねばなりません」

秋水は、勿体振《もったいぶ》るように間を取った。

「しかし、僕は昨夜の閣下の話は真実だと思うんです」

「なしてだ」

ずいぶんと自信の籠《こも》った口調に、遼次は疑念を抱く。葦原将軍の証言など、万に一つも当てにならないに違いない。

「意味がわからないからですよ」

「意味がわからない？　あのジジイの話は全部が全部、意味不明だろ」

「いいえ、そんなことは決してありませんよ」

秋水はきっぱりと否定した。ごねる赤子を諭すような穏やかな口調で続ける。

「葦原閣下の話は、いつも荒唐無稽《こうとうむけい》な誇大妄想ですが――必ず一定の法則があるんです。いかに自己の権力を他人に誇示《こじ》するか、これがすべてだと思いませんか。閣下は、自分が本当に今上帝と血の繋《つな》がった弟だと頑なに思い込んでいるし、自身は将軍だと信じて疑わない。自分は尊い存在だと他人に認めてもらいたいがための嘘――僕にはそう思える。けれど」

秋水は薄《すすき》のように眼を細める。

「昨日の目撃談には、閣下が活躍した話は入っていなかった。閣下が嘘をつくとすれば、誘拐される相馬誠胤を救わんがため、錦織剛清と一戦を交えたぐらいの大法螺《おおぼら》を吹くはずです。あの奇妙な暗号――己の自己顕示欲となんら結びつきのない嘘をついても、閣下はなに一つ面白くないはずです。だから、僕は、昨夜の閣下は、見たまま、聞いたままのことを話してくれたのではないかと思うのです」

「うーむ」

遼次は唸《うな》った。秋水の言葉も一理あるような気もするが、違うような気もする。しかし、目下の手がかりといえば、誇大妄想癖患者の目撃談しかないのだから、どのみち検証するしか他に手はないのだが。腕を組み、胡坐《あぐら》を掻いて、考え込む。

「これ以上、心酔《しんすい》はいげねってのは、どういう意味なんだっぺなぃ？」

目にかかるほど伸びた前髪を、遼次は掻き上げる。

「相馬誠胤に心酔しすぎてはいけないという錦織の自戒《じかい》の念が、思わず漏れたのでしょう」

淡々と秋水は語った。

「本当に、そうだべか？」

遼次は首を傾げた。秋水の推理は、的を射ているような気もするが、なんだかしっくり来なかった。

これまでの錦織の猪突猛進《ちょとつもうしん》ぶりは、忠義心といえども、正気の沙汰ではない。いささか狂気じみている。

錦織がはたして自戒の念など抱くような魂《たま》だろうか。

「しかし、御代田さん。心酔《しんすい》云々という言葉は、錦織の今後の足取りを追うのに、さして意味があるとは思えません。それよりも重要なのは」

遼次は秋水と眼を合わせ、強く頷《うなず》いた。

「紫が待ってる――どう考えても、こっちだべな。待ってる、っちゅうからには人名だべなぁ。紫、なんて珍妙な名前の奴なんざ、いるんだべか」

「さぁ、どうでしょうか。しかし、錦織に協力者がいる可能性は高いと僕は踏んでいます。なにせ錦織は、過去に一度は世間を賑《にぎ》わせた有名人だ。錦織の義侠心《ぎきょうしん》に胸を打たれた人間は多いはずです」

「その紫っちゅう奴が協力者なら、そいつの身元を洗い出せば、行方がわかっぺな」

無精髭《ぶしょうひげ》を遼次は撫でる。

「そのようです。御代田さん、良い感覚《センス》してますよ」

秋水は菩薩《ぼさつ》のような笑みを浮かべた。

遼次は唇を尖らせた。年下の男に煽《おだ》てられても、少しも嬉しくない。どうせ褒《ほ》めそやされるなら、若い娘っ子が良い。

しかし、この広い帝都で、名前も知らぬ、顔も知らぬ人間を探し当てるのは、そうとう骨が折れるに違いない。

そもそも、その紫なる人物が、帝都にいるのかすら、定かではない。錦織に辿《たど》り着くまでの道筋を考えると、遼次は気が遠くなった。

「紫……、本当にそげな名前の野郎がいるんだべか」

嘆息《たんそく》まじりに独言《ひとりごち》る遼次とは違い、秋水は常に毅然《きぜん》としており、弱気な顔を覗かせる場面はなかった。

「いや、珍しい名前のほうが、こちらとしては特定しやすいでしょう。太郎や次郎なんて、ありきたりの名前のほうが、特定しづらい」

その時、襖《ふすま》の向こうから再びか細い声が響いて来た。

「おじさま……。秋水さま……。お茶をお淹《い》れしました……」

室内の張りつめた空気が、ほっこりと和《なご》む。遼次は優しく返事をした。

「おお、朝子か。お入りなさい」

「嬉しいなぁ。僕、すっかり喋《しゃべ》り通しで喉が渇いていたんですよ」

心なしかほくほくしているように見える秋水を、遼次は睨み付けた。

遼次としては、可愛い姪っ子が、毒舌面食い野郎の歯牙《しが》に掛かるのだけは、断固として阻止せねばなるまい。

が、襖はいつまで経っても開かない。

沈黙が流れた。

「朝子?」

再び呼び返しても返事はない。嫌な予感がして、遼次は中腰になり、襖を開いた。

朝子の姿はなかった。二つの湯呑が載ったお盆だけが、畳の上に置き去りにされていた。

湯呑を手に取ると、茶はすっかり冷めている。

いったい、いつから朝子は、襖越しに声を掛けようと躊躇《ためら》っていたのだろう。そもそも朝子は買い物へ出かけたはずではなかったか。

人見知りの激しい、気の弱い朝子の性格を鑑《かんが》みるに、突然、知らない人間が押し掛けて来て、思わず逃げ出したものの、客人（本人曰く居候《いそうろう》だが）に茶の一つも出していなかった事態と思い出し、慌てて引き返して来たに違いない。

が、なかなか声を掛ける機会を掴めず、いつまでも、うじうじと襖の前に座り込んでいたのだろう。遼次には、襖の前で葛藤《かっとう》する朝子の姿が、ありありと想像できた。

いじましさに、なんだか泣けて来た。袖で目頭を押さえつける。

「くぅ……。朝子の奴……。愛《う》い奴だっぱい」

「とんだ恥ずかしがり屋の紫の上ですねぇ」

いつの間にか、秋水はずるずると温《ぬる》いお茶を啜り、一息ついていた。

「おい、秋水。今なんつったべ！」

遼次は飛び起き、秋水に詰め寄った。

「えっ、ちょっ、御代田さん。むさ苦しい顔が怖いうえに近いですよ」

顔を引き攣《つ》らせて後ずさる秋水の腕を、掴《つか》んだ。馬鹿みたいに細い手首であった。

「いいからさっき言ったこと、もう一遍《いっぺん》、言ってみらっし」

「やだなぁもう。ちょっとした冗談なのに、むきになっちゃって。恥ずかしがり屋の紫の上だと……」

遼次は、思わず大声を張り上げた。

「それだっぺ！　紫の上だ。錦織は紫の上に会いに行ったんだべした」

「どういうことです？」

「紫ってなぁ、高貴な色だそうじゃぁねえか。冠位十二階の最上位は紫だべ。平安時代にゃ帝《みかど》以外が使っちゃいけねぇ、禁色《きんじき》だ。そういう高貴な言葉を名前に使いたがるのはよ、芸名だべ。つまり……」

遼次は、にやっと笑った。

「紫ってのは芸妓の名前なんじゃねえか。つまり錦織はよ、情婦《いろ》の許に転がり込んだんだっぺ」

二

赤坂の高級料亭に、御代田遼次は、やって来ていた。

三味線の音色と共に、くるくると艶《つや》やかな扇子《せんす》が舞っている。

ほろ酔い加減で、遼次は両腕にうら若い娘御を抱いていた。まさに両手に花である。

「んだからなぃ、おりゃあ、言ってやったんだよぉ、饅頭《まんじゅう》怖い、次は濃いお茶が一番怖いってなぁ」

「やだー、なにそれー」

「おかしぃー」

遼次が何を言っても、娘たちは相槌《あいづち》を打って、にこにこと笑ってくれる。酒がなくなれば、小さな手で甲斐甲斐《かいがい》しくお酌《しゃく》をし、口を開ければ、御膳に載った料理を食べさせてくれる。いたれりつくせりの極楽浄土《ごくらくじょうど》である。

まるで竜宮城へ迷い込んだが如き錯覚《さっかく》に襲われるが、紛《まぎ》れもなき現世であった。その証拠に、桃源郷は永くは続かない。

「御代田さんっ」

突如、勢いよく襖が開き、鬼のような形相《ぎょうそう》の秋水が乱入して来た。

娘子たちは悲鳴を上げて、遼次の背中に隠れた。三味線の音色が止まり、踊っていた娘子たちの動きも止まる。

場の空気は急激に冷め、沈黙が流れるとともに、冷や水を浴びせられたような、夢から覚める思いがした。

「なにを遊んでいるのですか、御代田さん」

冷酷な瞳で、秋水は遼次を見下ろした。

しかし、いつまでも餓鬼の言いなりとなっている遼次ではない。咎められた場合の取っておきの大義名分が、準備できていた。

遼次は伝家《でんか》の宝刀《ほうとう》を抜き放つ。

「見てわかんねぇけ？　取材だっぺ。紫って名前の芸者を捜すための隠密探索《おんみつたんさく》ってやつだべ」

秋水は、にこりと満面の笑みを浮かべた。ただし、目は笑っていない。

「なるほど。殊勝《しゅしょう》な心掛けです。では、会計は、御代田さんの給料から差し引いておきますので、心行くまで、取材を続けて下さい」

「申し訳ねがった！　つい、出来心だったんだっぺ」

遼次は飛び上がって、深々と頭を下げた。反撃の狼煙《のろし》は、あっけなく掻き消えた。

遼次の財布など、雀《すずめ》の涙ほどの金子《きんす》しか入っていない。取材の経費として、朝報社から出してもらう狙いだった。

どすんっと秋水は、腰を下ろすと、御膳にまだ残っていた里芋の煮っ転がしを、素手で摘んだ。

「ま、腐る気持ちは、分からなくもありませんがねぇ」

咥内《こうない》に放り込み、咀嚼《そしゃく》する。

芸者たちは息を呑んで、秋水の一挙手一投足を眺めている。

嫌な予感がして振り返ると、慌てて遼次の背中に隠れたお気に入りの芸者二人も、惚《ほう》けるように秋水を見つめていた。

遼次は、がくりと肩を落とした。もっとも、毛深い中年男と華奢《きゃしゃ》で色白の美青年では、わかりきった結末ではあるが。

「で、なにか『紫』の人物の手掛かりは掴めましたか？」

遼次の身は更に縮こまる。秋水は嘆息《たんそく》し、畳の上に転がったお猪口《ちょこ》を拾い、手酌《てじゃく》で酒を口に含んだ。

錦織剛清の協力と思われる『紫』が、芸者であると見当をつけ、探索を開始してから、四日が過ぎようとしていた。

帝都中の揚屋《あげや》や御茶屋、料亭、旅籠《はたご》などを飛び回っているのだが、紫という名の芸者の手掛かりは、一向に掴めない。

当初は己の推理に自信満々だった遼次も、いささか焦りを覚えて来た。一日中、帝都を駆けずり回っているものだから、帰宅は深夜を回り、お絹のいる浅草十二階へも自然と足が遠のいている。

愛らしい芸者とほんの少し口を聞くだけで、遊べぬのも苦痛であった。

鬱憤《うっぷん》を晴らそうと、座敷に上がり込み、つい、どんちゃん騒ぎを起こしたのだ。

「紫が錦織の情婦、芸者という推論を、僕は買っているんですけどねぇ」

心底、残念そうに、秋水は囁《ささや》いた。

「面目ない……」

遼次は立つ瀬がない。

「ここいらで、もっと他の線も考えてみたほうが良いかもしれませんねぇ。他社に出し抜かれては、目も当てられません」

癲狂院に幽閉されていた相馬誠胤が、旧家臣の手によって錦織剛清に攫《さら》われた事件は、警察が事件を公表に踏み切った経緯もあり、すでにどの社も大々的に取り上げて、一躍、帝都を賑《にぎ》わす時の話題となっていた。

朝報社も含め、どの社もまだ報道の内容に、これといった差はない。

特種を物にし、他社から抜きん出るためには、もはや警察よりも競争会社《ライバル》よりも早く錦織剛清の居場所を突き止めるしかない。

堪らず遼次は、立ち上がった。

「おや、御代田さん。どちらへ？」

仄《ほの》かに頬を桃色に染めた秋水が尋ねた。手には、まだお銚子とお猪口《ちょこ》が残っている。

「聞き込みに行ってくっぺ。こうなりゃ、自棄《やけ》じゃ。狂人を連れた誘拐劇など、他人目《ひとめ》につくに決まってるべ。こうなりゃ、手当たり次第、目撃者がいないか聞き込んでやっど」

秋水は、ふらりと立ち上がった。

「あまり賢い選択ではありませんね。冷静さを欠いては、事を誤ります。しかし――」

ひっくと、秋水の口から吃逆《しゃっくり》が漏れる。あまり酒は強くないのかもしれない。

あまり呂律《ろれつ》の回らぬ口調で、秋水は述懐《じゅっかい》した。

「時には、頭より足を動かしたほうが有意義なこともある。棚から牡丹餅《ぼたもち》、瓢箪《ひょうたん》から駒、当たるも八卦《はっけ》、当たらぬも八卦、犬も歩けば棒に当たる。新聞記者も闇雲に歩けば、特種に当たるかもしれません。僕も参りましょう」

二人が座敷を出ようとした、その時。

「お待ちくださりませ！」

一人の芸妓が、慌てて秋水の袖に飛びついた。

「これを、お持ちくださりませ」

芸妓は秋水になにか紙のようなものを手渡した。秋水は目を瞬《しばた》かせる。

飛びついたのは、遼次だった。

「なんだっぺした？　さては、紫なる芸者の手掛かりけ？」

秋水の手の四角い紙には、白黒の驚嘆《きょうたん》するほど精密《せいみつ》な娘子《じょうし》の絵が描かれている。

紙の中の娘は、淑《しと》やかに腰を下ろし、微笑を湛えて、こちらを見ている。

まるで娘御を小さな紙に閉じ込めたかのようだった。

「こ、これは──！」

「はい。私《あちき》めのブヽヽヽロマイドなるものにございます」

芸妓は頬を赤く染め、身をくねらせた。

「裏に名前が書いてありますゆえ、次にいらした時は、私《わちき》めを指名してくださりませ」

すると、室内にいた芸妓たちが皆、一斉に熱《たけ》り立つ。

「あんただけ、ずるいわっ！　私《わちき》のブロマイドも、受け取ってくださりませっ」

「ああん、私《わちき》が先よ！」

芸妓たちは、我先へと秋水を取り囲む。

「ぐわっ」

遼次はでかい尻に跳ね飛ばされ、壁に激突した。

誰も労《いたわ》わる者はいなかった。遼次は、これ見よがしの舌打ちを叩く。

ずいぶんと現金な女たちだ。客じゃないと見限れば、愛想一つ売らない。

だいたい、一人くらい遼次にもブロマイドを配ってくれたって良いではないか。

遼次は誰からもブロマイドを貰った経験がなかった……。込み上げる虚しさを、涙と共に呑み込む。背中を木枯らしが吹き抜けた気がした。

「み、御代田さん……、助けて……」

女どもに揉みくちゃにされた秋水が、助けを求めるように手を伸ばしてくる。

が、遼次は、ふんと鼻を鳴らしただけで、目を逸《そ》らした。

青臭いだけの秋水など、女に押し潰されて死んでしまえばいいのだ。……少し、いや、かなり、羨《うらや》ましい死に方だが。

ひらりと一枚のブロマイドが舞い、遼次の足許へ落ちた。

手に取って眺めると、先の芸妓とはまた別の芸妓が、朗《ほが》らかに笑っている。八重歯の愛らしい芸妓だった。

ブロマイド――御一新前、写真が西洋から伝わったばかりの頃は、皆、魂が抜かれるだの、絵の中に閉じ込められるだのと、震え上がって、木製闇箱（カメラ）の前に立つのを恐れたものだ。ところが、今ではすっかり生活の中に溶け込んだようだった。

芸妓にとって、写真は己の名刺同然であり、腕の良い写真師に己の美しさを映し出してもらう行為が、ステータスの一つとなっていた。

絵葉書屋でも、観光客向けの風景写真が売られていたりする。富士山や鹿鳴館《ろくめいかん》や浅草の象徴である凌雲閣《りょううんかく》などが――。

脳裏に天高く聳《そび》え立つ浅草十二階を思い浮かべた時、遼次は、体中を稲妻が駆け抜けたような衝撃を受けた。

遼次は立ち上がると、今なお女子たちと押し競饅頭《くらまんじゅう》状態の秋水の腕を掴み上げ、引っ張り出す。

髪は乱れ、白い襯衣《シャツ》は皺くちゃに揉まれ、秋水は肩で荒い息を繰り返していたが、遼次は構わず手を引き、室内を飛び出した。

「閃《ひらめ》いたべっ」

三

「御代田さん、どこへ向かっているんですかっ」

遼次の背中を追って走る秋水の罵声《ばせい》と一緒に、激しく咳《せ》き込む声が聞こえた。

立ち止まって振り返れば、秋水が苦しそうに道端《みちばた》にしゃがみ込んでいる。

「悪かった。体調でも悪いのけ」

遼次は秋水の許まで引き返すと、屈み込んで、顔を覗き込んだ。顔色が悪い。真っ青だ。秋水は、すぐに目を逸《そ》らした。

「少し埃《ほこり》を吸い込んでしまっただけです」

気丈に振る舞い、荒々しく口元を拭う。

が、秋水のすぐ傍を、乗合馬車が通り過ぎた。二頭の馬の蹄《ひづめ》と車輪によって再び土埃《つちぼこり》が立ちこもり、秋水は再び咽《むせ》び込んだ。

忌々しそうに通り過ぎてゆく馬車を睨み付けながら秋水は、尋ねた。

「まったく、事情を説明してくださいますか。いったい、何を閃いたのです」

遼次は頷《うなず》いた。気が付けば、遼次もすっかり息が上がっている。一筋の汗が、頬を伝い、地に落ちた。

体の芯から熱が込み上げて来るような気がする。寒風が吹き抜けても、清々《すがすが》しいくらいだった。

朝報社の仕事を手伝うようになってから以降、訳もわからずに、我武者羅《がむしゃら》に走る機会が増えた。

毎日を自堕落《じだらく》かつ怠惰《たいだ》に過ごして来た遼次にとっては、もっとも思いがけぬ事態である。

が、全力疾走した後に吸い込む空気は格別で、悪くなかった。

「もっと簡単に紫を見つけ出す方法を思いついたんだっぺ」

ゆっくりと前へ歩き出しながら、遼次は述べた。一歩ほど後ろを、秋水が従《つ》いてくる。

「それは、いったい……」

「『東京百美人』って、知ってるけ？」

「東京……百美人？」

秋水はピンと来ないようだ。

「数年前に、浅草十二階でやっていた、写真の展示会だっぺ」

所謂《いわゆる》、美人コンテストである。

当時、凌雲閣はエレベーターの相次ぐ故障で、使用禁止となり、来場者が激減《げきげん》していた。

高さ五十二メートルの展望台まで、階段をこつこつと上らねばならぬのだから、客が減るのも、無理はない。

なんとか集客力を伸ばそうと、苦肉の策で発案された企画が『東京百美人』だった。

凌雲閣の階段に美女たちの写真が張り出され、人気投票が行われた。

「いんやぁ、おんら、あの写真展が好きでなぁ」

美人の写真が見たいがために、幾度も凌雲閣の階段を上り下りした日々が懐《なつ》かしい。

「はぁ……。御代田さんの女好きは筋金入《すじがねい》りですねぇ」

呆れ果てた声を秋水は上げた。

「しかし、その『東京百美人』に展示された写真の中に、紫がいたかもしれないのですね？」

遼次は頷《うなず》いた。

「『東京百美人』は、小川一真っちゅー、写真師が撮影してたらしいべ。当時の写真は、小川の写真館に保管されているに違えねぇべ。紫って名前の芸妓がいた可能性は、ある。出場してねがったにしても、芸者なら、写真館にブロマイドを撮りに来た可能性も、十分あっぺ」

帝都中を駆けずり回って百人の美女を探し出すよりは、写真館へ行き、取り扱ったブロマイド写真百枚を見せてもらうほうが、手っ取り早い。

「なるほど。百人もの美女の写真を撮った小川氏なら、紫と面識があっても、おかしくはない。

御代田さんにしては、考えましたね」

四

小川一真写真師の写場《玉潤館《ぎょくじゅんかん》》は東京の飯田橋にあった。二階建ての大きな洋館で、入口の扉の両端には大きな硝子窓《がらすまど》があり、中が覗ける構造になっていた。

壁には、様々な写真が飾られている。富士山や銀閣寺や汽車などの風景や建物の写真もあれば、日本家屋の中で団扇《うちわ》を以て佇む島田髷の若い娘や、カイゼル髭《ひげ》を蓄《たくわ》えて燕尾服《えんびふく》を着た老紳士の写真など、被写体は多岐《たき》にわたっている。

遼次が辿り着いた時は、黄昏時《たそがれどき》で、どの写真も赤みがかって見えた。

室内に人の影はなかった。

ドアを開けると、鈴の音が鳴った。

「おぉー、見事なものですねぇ」

何ごとも臆さない秋水は、ずかずかと無遠慮《ぶえんりょ》に室内へ入り込み、壁に掛けられた写真を次々と興味深げに眺めて行く。

「日本中を旅行した気分になりますねぇ」

どこかの湖の畔《ほとり》を映した写真を眺めながら、しみじみと秋水が呟く。

かくいう遼次も、甘い樹液《じゅえき》に吸い寄せられた昆虫のように、うら若い娘の写真の前に釘づけとなっていた。

写真の知識は皆無《かいむ》に等しいが、遼次にはどの写真も素晴らしいものに思えた。

一枚の紙の中には、現世から切り取られた確かな生命の息吹《いぶき》や生活の営みが存在するように思われた。どの写真も、想像力を掻き立てられずにはいられない。

小川一真が腕の良い写真師であるのは、間違いないと遼次は確信した。

「お客さんかい。悪いが、もう閉店なんだ」

店の奥から出てきたのは、長身で精悍《せいかん》な顔立ちの男だった。

口調もぶっきら棒で、客商売とは思えぬほど、無愛想だ。

「明るくないと写真は撮れないんでね。明日の日中にでも、出直して来な」

肩幅も広いし、腕も太い。写真師というよりは、軍人に見える。

「おんめぇ、小川一真のお弟子さんかい。ちょっと頼みがあるんだけんちょも」

遼次が尋ねると、男は太い眉の間に皺を寄せた。

「小川一真は、俺だよ」

「随分とお若いんですねぇ」

秋水がにっこりと微笑《ほほえ》み掛ける。学生の秋水に言われる筋合いはないだろうが、遼次もまた、驚きを隠せない。

世に名の知れた写真師であるから、もっと年を食っていると思っていた。

美女百人の写真を撮るぐらいだから、女好きの助平な好々爺《こうこうや》が、若い弟子を幾人も手足の如く扱《こ》き使っている様を思い浮かべていた。

しかし、現実は随分と想像から懸け離れていた。

小川一真は新進気鋭の写真師であった。生まれは武蔵国の忍《おし》である。二十三歳の時に単独で渡米し、乾板製法やコロタイプなどの最新の写真術を身に着けて帰国し、写場に《玉潤館》を開いた、国内でも屈指の一流写真師だ。

「いったい、何の用だ」

小川一真は、いかにも不機嫌《ふきげん》そうな低い声を発した。

「一つお願ぇがあんだ。できれば、今までに撮った娘の写真や『東京百美人』の写真を見せてもらいてぇ」

小川一真はより一層深く眉間《みけん》の皺《しわ》を刻んだ。

「なんだ、てめえら。ひょっとして、警吏《けいり》か？　おれぁ、大事な客を売りとばすような阿漕《あこぎ》な真似すんのは、ごめんだぜ。帰りな」

「警吏なんかじゃねぇべ、俺らは紫……痛っ」

事情を説明しようとした遼次は、秋水に思い切り足を踏まれ、悶絶《もんぜつ》する。

「私は朝報社記者、幸徳伝次郎と申します。署名は秋水。こちらは、記者見習いの御代田遼次でございます。口の聞き方のなっていない、山出《やまだ》しの田舎者《いなかもの》で、申し訳ござりませぬ」

秋水は、へこへこと頭を下げながら、名刺を手渡した。

小川一真は、じっと名刺を眺めている。

「突然の訪問をお許しください。実はこのたび、萬朝報《よろずちょうほう》では、新進気鋭の写真師、小川一真先生の特集を組ませて頂きたいと思いまして、参上仕りました。題して『天才写真師、小川一真の軌《き》跡《せき》』などは、いかがでしょう。一真先生の半生を紹介するとともに、先生の写真を紙面に載せたいと考えておりまして。つきましては、今までに撮られた写真を参考までに全て見せていただけないでしょうか」

遼次は流暢《りゅうちょう》に喋《しゃべ》り続ける秋水の一歩後ろに下がりながら、苦虫《にがむし》を噛み潰して、おとなしく話を聞いていた。

障子に目有り、壁に耳有り。

足を踏まれたのは、簡単に調査の内容を喋るなというお叱りであろうと察しがついた。

しかし、よくもまぁ、米搗き飛蝗《こめつきばった》のようにぺこぺこ頭を下げながら、これだけの出鱈目《でたらめ》を捻《ひね》り出せるものだ。詐欺師だって、こうもうまくはゆくまい。

「……別に、見え透いた嘘など、つかなくていい」

しかし、秋水の巧みな話術も、一真には通じなかったらしい。小川一真は淡々と答えた。

「錦織剛清の行方を追っているのだろう」

「なぜ、それを？」

秋水は、虚《きょ》を衝《つ》かれ、目を光らせた。

「昨日、都新聞の記者が訪ねて来た。……追い返したが」

遼次は息を呑んだ。

どういう経緯《けいい》を辿《たど》ったのかはわからぬが、朝報社以外にも、錦織剛清が情婦の許《もと》へ逃げたと結論付けた者がいるらしい。しかも、遼次たちよりも早く。

「どうしても見せて貰うことは、できねぇのけ？」

遼次は恐る恐る尋ねた。一真の気難《きむずか》しい顔を眺めていると、雲行きは怪しそうに思われた。が
——。

「見せてやらんこともない。ただし、条件付きで、だが」

「本当け！」

遼次は飛び上がった。一真はにこりとも笑わず、無言で頷《うなず》いた。

「条件とは、なんだっぺ？」

「相馬の殿様の事件が落ち着いたら、改めて萬朝報で、玉潤館の記事を取り上げて欲しい」

むすっとした顔つきのまま、一真は答えた。

「それは、こちらこそ有り難い申し出ですが……。先ほど都新聞の記者は断ったとお聞きしましたが。なぜ、我々には許可を？」

秋水が不思議そうに尋ねると、一真は恥かしそうに声を小さくして、ぼそぼそと喋《しゃべ》った。

「俺も相馬事件には、関心があって、数社の新聞を読み囓《かじ》ってはいたのだ。俺は都新聞の社説が嫌いでね。都新聞は、相馬家の……権力者側の肩を持っている。そこへいくと、萬朝報の社説は、錦織の肩を持っているな……」

どうやら小川一真は、明治の赤穂浪士、錦織剛清のファンらしい。

「もちろんです」

秋水は胸を張った。

「萬朝報は、いつだって弱者《じゃくしゃ》の味方なのですから！」

その時、初めて一真は、うっすらと笑った。

五

小川一真の案内で、遼次と秋水は、写真館の裏側へ向かった。

写場《玉潤館》の裏に、小さな倉庫があった。

使い古された機材の他に、額装《がくそう》された大きな写真などが、乱雑《らんざつ》に積み重ねられている。かつては多くの展示会で飾られた写真なのだろうが、今は埃《ほこり》を被《かぶ》って眠っている。

日も沈みかけていることもあり、室内は薄暗かった。長く使われていなかったのか、うっすらと床には埃が積り、雪化粧《ゆきげしょう》を施《ほどこ》したかのような有様だ。

足を踏み入れると、埃が宙を舞う。床には、しっかりと足跡が残っている。

秋水が小さな咳《せき》をした。風邪《かぜ》を拗《こじ》らせたのかもしれない。

一真は、洋灯を点《つ》けた。

「『東京百美人』で展示した写真は、ここにあるはずだ。好きなだけ見て構わないが、俺は暗室で作業が残っている」

仄《ほの》かな明かりに照らされて、ぽうっと浮かび上がる一真の顔が、なにやら薄気味悪く感じられた。

「決して、中を覗かないでくれ。気が散るから、声も掛けないで欲しい。帰る時は勝手に帰って構わない……」

ぶっきらぼうに告げると、一真は倉庫を出て行った。途端に室内は静まり返る。

時たま強い風が窓硝子《まどがらす》を打った。

二人は作業に取り掛かった。『東京百美人』に使用された写真は大きく、縦三尺、横二尺に及んでいる。それぞれ鮮やかな色合いが施され、立派な額に飾られている。芸妓《げいぎ》ごとに名前が書かれているのは有り難い。だが、確認するたびに重い額を運ばねばならぬのだから、骨が折れる。

「覗かないでくれと言われると、覗きたくなりますよねぇ」

額に汗を浮かべて、秋水はあどけない微笑を浮かべた。

「そりゃ、おめぇだけだっぺ」

見るからに人嫌いで小難しそうな一真が、倉庫を開放してくれたのである。これだけの善意を受け取りながら、相手の嫌がる行動を率先《そっせん》して取ろうという底意地の悪さといったらない。

「えー、でも、暗室の中で、鶴になっていたりして」

「無駄口なんぞ叩いてねぇで、作業しろい」

遼次の返事は、素っ気ない。

短い付き合いだが、秋水の目論見《もくろみ》が、遼次には手に取るようにわかった。秋水は重労働をしたくないのだ。

案《あん》の定《じょう》、無駄口ばかり叩く秋水の手は止まっている。いつのまにか遼次が確認した写真の枚数は、秋水の足許に積み上げられた額縁の倍以上の高さになっている。

秋水は、若いだけあって機敏《きびん》で瞬発力《しゅんぱつりょく》に富んでいるが、線も食も細いだけあって、女人のように非力なのだ。おまけに、体力もない。

冷たくあしらわれた秋水は、頬《ほお》を膨《ふく》らませる。

「ちぇえー。御代田さんのくせに生意気《なまいき》だなぁ」

ぶつくさ不平を垂れ流しながらも、秋水が気怠《けだる》そうに次の額縁を持ち上げたその時。

「おおっ」

遼次は歓喜《かんき》の声を上げて、秋水の持つ写真を覗き込んだ。

「この娘が紫ですかっ」

目を輝かせて秋水が叫んだ。が――。

「こりゃ、洗い髪のお妻じゃねぇべか。懐かしいのぅ」

遼次は無精髭《ぶしょうひげ》を摩《さす》り、満足げに頷《うなず》いた。

「……洗い髪のお妻？」

写真には、なるほど、艶のある美しい髪を肩まで垂らした女性が、優しげな微笑を湛《たた》えているが、髪が濡れている。

「おうよ。洗い髪のお妻は、大会では上位には選ばれねがったけんちょも、濡れた髪の美人っちゅうことで、一躍《いちやく》、大きな話題になった女なんだっぺ。おんらは、なんといっても洗い髪のお妻の支持者でねぇ」

しみじみと当時を懐《なつ》かしむ。

確か、噂で聞いた話では、撮影の日に約束していた髪結いが、なかなか現れず、お妻は痺れを切らして、濡れた髪のまま人力車を飛ばしたらしい。

しかし、洗い髪の姿が逆に他人目《ひとめ》につき、のちに広告モデルに起用されたほどであった。

どうせなら、先ほど小川一真に、洗い髪お妻を撮影した時の話などを詳しく聞けば良かったと遼次は後悔した。

「御代田さんっ」

いつまでも洗い髪お妻の写真を嘗《な》め回すように眺めていた遼次は、どやされて、飛び退る。

「まったく、あなたって人は……げふごふっ」

怒鳴り声を張り上げた秋水は、息を深く吸い込んだ途端に、激しく咳き込んだ。

手を放してしまい、大きな洗い髪お妻の額縁が、大きな音を立てて、床に叩きつけられた。

衝撃《しょうげき》で更に埃が舞い、秋水は激しく咽る。

「おいおい……、おんめぇ、大丈夫か」

背を摩《さす》ろうと手を伸ばした遼次は固まった。

口を覆っていた掌《てのひら》に、うっすらと血がついているのが、見えた。

「おめぇ、それ……」

低く暗い声が、室内に響く。

秋水は、血の付いた掌《てのひら》を、きょとんと眺めている。

「いやだなぁ、御代田さん。そんな怖い顔をして」

無邪気に破顔《はがん》した秋水は、汚れた掌を袴に押し付けた。

「ちょっと激しく咽《むせ》たから、喉が切れただけです。ただの風邪ですよ、もぅ」

誤魔化すように秋水は、次の額縁に手を掛け、「あっ」と吃驚《きっきょう》した声を上げた。

兵庫髷に、金細工や珊瑚など華やかな簪を挿し、色気のある流し目を送る遊女の姿が、はっきりと映っている。

写真の下に書かれた名前――、江戸吉原、大黒楼遊女、名を高橋屋今紫。

六

遼次たちは倉庫を飛び出し、急ぎ、吉原へ向かった。

二人の走る背中を、少し膨らみを帯びた月が追って来る。小半刻ほどで、吉原大門を潜った。

夜の吉原は、華やかな賑《にぎ》わいを見せている。しかし、御一新前に比べれば、衰えの影は隠せない。徳川が破れて三十年近い月日が流れようとしている——文明開化が押し進み、古い制度は葬《ほうむ》られ、西洋建築も増え、銀座など街並みが一変した街も少なくない。

吉原遊郭《よしはらゆうかく》もまた時の流れに逆らわずにはいられなかった。

明治五年には、マリア・ルーズ号事件を契機《けいき》に、芸娼妓解放令《げいしょうぎかいほうれい》が発布《はっぷ》された。

マリア・ルーズ号は、当時、横浜に停泊中だったペルー国籍の船である。

この船には、清国人二百三十一人が乗船していたが、奴隷《どれい》さながらの過酷《かこく》な使役を受けており、一人の清国人が逃亡して、英国軍艦に保護された。

英国在日公使は明治政府に清国人救助を要請し、清国人は奴隷ではないと主張するペルー側と、清国人を解放しようと求める日本政府の間で一悶着《ひともんちゃく》し、裁判へと発展した。

その時のペルー船側の弁護士が「日本にも遊女という、ひどい人身売買、奴隷制度があるではないか」と手厳《てきび》しい切り返しを図った。

悲願の一等国入りを目指す明治政府にとって、国内に公然と罷《まか》り通る奴隷制度の存在は、問題となり、一気に解放令の発令となった。

ところが、困ったのは、遊女たち当人であった。そもそも、生活が苦しく、身売りした娘たちである。

国の勝手な都合で職を失い、明日から好きな場所へ行けと追い払われても、身寄りも帰る故郷もない者が、ほとんどだ。

三味線や唄ができる娘は、まだいい。体を売るだけの枕芸しか芸のない娘たちは、住む場所も生業《なりわい》も奪われ、生活に困窮《こんきゅう》する。

置屋や揚屋《あげや》がなくなれば、政府の目を盗み、自分で客を探し、己が体の値段も、自分で決めなければならない。

これでは、あまりにも即物的《そくぶつてき》で、情緒《じょうちょ》も物の哀れも損なわれる。楼主という悪役がいて、遊女は籠の中の鳥だからこそ、一夜の恋も、激しく燃え上がるのだ。

結局、芸娼妓解放令は、あまり機能せずに終わった。それでも、吉原衰退の原因の一つには、一応なったのであろう。

明治を過ぎると、政界、財界の社交場は自然と帝都東京の中心へ移って行った。浅草十二階ができると、周辺に私娼窟《しょうくつ》が増えていき、今では浅草十二階そのものが魔窟《まくつ》と化している。年を追うごとに、客の目減りの激しい吉原は、縮小を重ねている。

かくいう遼次も、浅草十二階の常連で、吉原には、馴染《なじ》みの女の一人もいなかった。安い女郎もいるにはいるが、吉原で良い女郎と寝るためには、金も要れば教養も要る。

田舎者の遼次には、浅草十二階のどこか投げ遣りで荒廃《こうはい》した無教養《むきょうよう》な雰囲気《ふんいき》のほうが肌に馴染《なじ》むのだ。

吉原金瓶大黒楼は、すぐに見つかった。

全盛期のような勢いはないとはいえ、大黒楼は非常に大きく立派な見世である。呼び込みの妓夫《ぎふ》に連れられるまま、秋水と遼次は見世へ足を踏み込んだ。

江戸時代のような揚屋《あげや》はない。そのため、芸妓はそのまま見世にいる。

「今紫さんは、いらっしゃいますか？」

人懐《ひとなつ》っこい笑みを浮かべ、秋水が妓夫に尋ねた。

「お客さん、お目が高いねぇ。当代随一と謳われる今紫花魁《おいらん》に会いに来たんですかぃ？」

「ええ、まぁね」

秋水が、目を光らた、その時。

「帰ってくんなましっ」

甲高《かんだか》い女の怒声が響き渡る。

弾かれたように秋水が、二階へ駆け上がる。

「あ、おい、待ちやがれ」

遼次も慌てて秋水を追った。

「ちょっと、お客様！　困りますっ」

背中で妓夫の悲鳴に近い声が響いたが、秋水も遼次も構いはしない。

秋水が立ち止まったのは、二階の奥の座敷だった。遼次もすぐに追いついた。

微《かす》かな明かりの漏れる襖から、陰湿《いんしつ》そうな男の声が漏れ聞こえて来る。

「悪いこたぁ言わねぇよ。大黒楼の看板花魁《かんばんおいらん》の情夫が誘拐犯じゃあ、世間の聞こえが悪かろう。楼主にも迷惑が掛かるぜ。錦織の居場所さえ、教えてくれれば、花魁の名は出さねぇから」

錦織、という言葉に遼次は身構えた。

「それとも、金かね」

卑屈《ひくつ》な笑い声が、響いた。

「いくら欲しいんだい、花魁」

「口の聞き方に、気をつけてくんなまし」

罠を張って待ち構える毒蜘蛛《どくぐも》のようなねちっこい声音を掻き消したのは、凛《りん》とした透き通る声音だ。秋水が、ほんの少しだけ、襖を開く。遼次もまた首を曲げ、目を細めて、中を覗き込む。

「わっちのことなら、いくらでも記事にしてくんなまし。痛くも痒《かゆ》くもありんせん。あの人は、少しも悪いことは、しておりんせん」

広々とした座敷に、ツル付き眼鏡を掛け、前髪を後ろに撫で付けた中年の男が胡坐《あぐら》を掻いているのが見えた。

「強がるのは勝手だが、人一人《ひとひとり》を誘拐しておいて、悪くないわけがない。あまり錦織の肩を持って、しょっ引かれても、知りませんよ」

男の前には、美麗《びれい》な女がいる。肌は白く、目は切れ長で、鼻筋がすっと通っている。ふっくらとした唇は小さく、愛らしい。兵庫髷《ひょうごまげ》に金細工と珊瑚《さんご》の簪《かんざし》――。

間違いない、写真で見た今紫だ。今紫は、男の嫌味を屁とも思わずに、にやりと笑った。写真では気付かなかったが、笑うと八重歯《やえば》が覗《のぞ》くらしい。

「しょっ引かれるのは、相馬家のお歴々でありんしょう」

さっと男の顔色が変わる。

小さな悲鳴が上がった。男が今紫を力づくで平伏《ひれふ》させようとした刹那《せつな》、

「御代田さん、出番ですよっ」

秋水は襖《ふすま》を開け放ち、遼次を室内へ押し込んだ。

「なっ、誰だ、貴様は!」

今紫に馬乗りなった男が、吃驚《きっきょう》して顔を上げた。両腕を押さえつけられ、座敷に組み伏せられた今紫も、茫然《ぼうぜん》と遼次を見上げている。

「えっと……」

遼次もまた固まっている。いや、誰よりも驚愕《きょうがく》したのは、遼次に違いない。

寸劇の内容も台詞もまったく知らないのに、舞台へ上げられた役者のようだ。

しかし、組み伏せられた花魁が微《かす》かに震えているのを目にした途端、腹の底から怒りが込み上げて来た。

「ワレェ、俺の女になにしとんじゃぁ、ボケェェ！」

無我夢中《むがむちゅう》で遼次は叫んだ。

「な、なんだ君は！　俺は客だぞ。今紫は、俺が買ったんだ」

男は青褪《あおざ》め、狼狽《ろうばい》し、今紫から飛び下がった。

遼次は乱暴に床の間の花瓶を蹴とばした。畳に水が沁《し》み渡り、紅《くれない》の寒椿《かんつばき》が転がる。

できうる限り睨みを利《き》かせ、巻き舌を駆使《くし》して捲《まく》し立てる。

「いてまうぞ、コルァ。簀巻《すま》きにして隅田川にでも沈めたろぅかぃ、あぁん？」

男は軽く舌打ちした。

「また来るぞ、花魁」

捨て台詞を吐いて、男は部屋を飛び出して行く。荒々しく階段を下る足音も聞こえなくなると、遼次は胸を撫で下ろした。

男が遼次の挑発に乗って、掴み懸かってきたら、どうしようかと気が気ではなかった。喧嘩《けんか》など、ここ何年も一切していない。

思い返すだけで、心ノ臓が激しく胸打つ。

「花魁、大丈夫け？」

へたり込んで茫然《ぼうぜん》としている今紫に、手を差し出す。今紫は、ひっと息を呑んで、後退《あとずさ》る。どうやら、怯《おび》えているらしい。

「悪ぃかった。今のは演技だっぺよぉ。浅草十二階下によく来る性質《たち》の悪ぃ博徒《ばくと》の真似をしてみたんだけんちょも……」

遼次は思わず頭を掻いた。

「演技……」

今紫は度胆《どぎも》を抜かれたのか、唖然《あぜん》としている。

ぱちぱちぱち。振り返れば、秋水が壁に寄りかかって、拍手をしている。

「いやぁ、お見事。迫真《はくしん》の演技でしたよぉ、御代田さん……ぷっ、ぷふふ」

思い出すだけで、笑いが込み上げて来るのか、秋水は両の掌《てのひら》で口を覆った。

「おんめぇ、よくも……」

じろっと遼次は、秋水を睨んだ。

こっちは命がけの演技だったのだ。笑う奴があるか。

「あはは。もう怒らないで下さいよぉ。先ほどの技は、御代田さんの人相の悪さがあって初めて成功する技じゃないですか。僕みたいな青瓢箪《あおびょうたん》が出て行っても、お話になりませんからねぇ」

「……おらっで、そんな人相、悪いべか？」

遼次は思わず自分の面を撫でた。

目尻をひくつかせて、無邪気《むじゃき》に秋水は笑った。

「それに、本当に僕は出ていく訳にはいかなかったんですよ。なにせ僕は、先ほどの男に面が割れてるものですから」

「さっきの奴を知ってだのか」

秋水は目を細めた。

「あの男は、我が朝報社の宿命の天敵、都新聞の記者で……痛っ」

秋水が軽い悲鳴を上げたのは、今紫が御手玉を投げつけたからだった。青、赤、黄、白、色とりどりのお手玉が、飛んでいく。

「出て行ってくんなましっ」

今紫は、秋水をきつく睨み付けた。

「聞屋《ぶんや》なんて、大嫌いでありんす」

「嫌だなぁ。都新聞なんかと一緒にしないでくださいよ」

秋水は、困ったような笑みを浮かべて、頭を掻いた。

「僕たちは、錦織剛清を助けに来たんですからね」

「信じられませんわ。帰っておくんなんし」

ほんの一瞬、眼が泳いだ気がした。が、今紫は、凛乎《りん》とした態度を貫いた。

秋水は腰を下ろす。今紫と目線を合わせ、真摯《しんし》な眼差しを注いだ。

「帰れません。事は一刻を争います。なにがなんでも僕たち朝報社は、錦織剛清を保護しなければならないんです」

今紫の顔色が曇《くも》る。恨みのこもった目で、秋水を睨みつけた。

「保護？　間違った言葉を使うのはおよしなんし。ぬし様がたは、剛清様を見つけて、人寄せ太鼓にしたいだけでありんしょう。利用するというのでありんす」

だが、秋水はいつまでも、のほほんと笑っている。

「今紫さん。当社の新聞をお読みになったことは、ありますか？」

「新聞なんて、どこも一緒でありんすよ」

ふっと秋水は笑った。

懐から新聞を二紙、すっと取り出し、今紫の前に並べてみせる。

秋水の後ろから、遼次も覗き込んでみた。一つは、先ごろ発売された『都新聞』、もう一つは、我らが『萬朝報』。

どちらの見出しも、「相馬家御家騒動、狐付きの殿様、相馬誠胤誘拐」といった大衆の関心を煽《あお》り立てるような刺激的な語句が並んでいる。

今紫は、二紙ともに見るのも不快なのか目を逸《そ》らす。

「大切なことなんです！　ちゃんと読んでくださいっ」

突然、秋水が語気を荒げ、拳を畳に叩きつける。今紫は、びくんと震えた。怯《ひる》んだのか、紙面に顔を向け、しぶしぶ読み始めた。

「先ほどの男は、名を高谷為之と言って、今は都新聞で記者などをやったり、探偵小説を連載したりしていますが、元は警視庁の刑事です」

しんと静まり返る室内で、秋水の声が響く。

「この男が、実に難儀《なんぎ》です。人脈があるから、警視庁の掴んだネタも手に入れられます。大方、あなたの情報も、警視庁の人間から聞き出したのでしょう」

今紫は聞いているのかいないのか、いつの間にか、覆い被さるようにして、真剣に二紙を熟読《じゅくどく》していた。どうやら二紙の決定的な違いに気付いたようだ。

細かい文面まで目を追ってくと、都新聞には、『忠義狂』という言葉が乱立している。勝手な憶測《おくそく》で、旧君主を誘拐した傍迷惑《はためいわく》な愚か者、と錦織剛清を一方的に悪役に仕立て上げている。相馬家を非難するような言葉は、一切、出てこない。

かたや萬朝報の紙面には『忠臣』という文字が確固不抜《かっこふばつ》に並んでいる。錦織剛清を深く擁護《ようご》しているわけではないが、強い非難もしていない。瘋狂院《てんきょういん》に入院していた相馬誠胤の病状に対する疑問や、なぜ錦織剛清が誘拐を強行しなければならなかったのか、相馬家を疑問に思う論旨《ろんし》が並んでいる。

錦織を悪と捉えるか正義と捉えるかで、二社の社説は天と地ほどの差違があった。

「元警官というのは、権力の旨味《うまみ》を知っていますからねぇ。相馬家からいくら貰っているのか知れたものではありませんよ。……おっと、これは僕の妄想《もうそう》ですが。失敬《しっけい》、失敬」

秋水は口元を拭い、にたりと底意地の悪い笑みを浮かべた。秋水の言葉に取り憑《つ》かれたように、今紫がおそるおそる顔を上げた。

揺れる瞳からは、はっきりと不安が覗いている。先ほどまでの強気は、消し飛んだようだ。

「今紫さん。あなた、まさか錦織剛清と相馬誠胤の二人を、このままそっとしておきたいだなんて、馬鹿な考えを持っちゃいけませんよ。錦織が相馬を担《かつ》いで瘋狂院の壁を乗り越えたその日から、大衆の好奇の目に晒《さら》されることは、十年も前の事件の経験からいくらでも想像がついたはずです」

どこからか三味線《しゃみせん》の音色《ねいろ》が聞こえて来る。下の階だろうか。野太い笑い声が、微《かす》かに響いて来る。

秋水は目線を逸《そ》らさずに、畳み懸けるように続けた。

「どの家だって、他人様《ひとさま》に知られたくない後ろめたい揉め事の一つや二つ、抱えているものです。ましてや、大名家だったら、尚更《なおさら》ですよ。あなたの情夫は、その大名家を敵に回したのです。これから相馬家は、本腰を上げて錦織を潰《つぶ》しに懸かってくるでしょう」

食器の微《かす》かに触れ合う音と共に足音が過ぎ去っていく。禿《かむろ》の無邪気な笑い声がした。

「相馬家には、多大な資産がある。新聞社を買収して世論《せろん》を操作《そうさ》するくらい、軽くやってのけてくるでしょう。貧乏士族一人の運命を闇に葬り去ることなど、赤子の手を捻《ひね》るように容易《たやす》い」

今紫は、都新聞を掴んだ。握る手が震えている。錦織がいかに凶暴凶悪《きょうぼうきょうあく》な人間か、そこには、まるで見て来たかのように書かれている。

ぽた、ぽたと紙面に水滴《すいてき》が零《こぼ》れた。新聞の文字が、じわじわと滲《にじ》んでいく。

「いったい、どうすれば、いいのでありんすか……」

掠《かす》れた声だった。

遼次は、今紫の肩を抱き寄せ、白く細い楓《かえで》のような手を無性に握りたい衝動《しょうどう》に駆《か》られた。が、腰を少し浮かせた途端、秋水に背中を思い切り抓《つね》られて、押し黙った。

秋水は、顔色一つ変えず、むしろ禿《かむろ》に負けず劣らずのあどけない笑顔を浮かべた。

「僕たち朝報社を信じてください。萬朝報の信念は、『弱者の味方』であるということです。では、弱者とは誰か。決して、政治家や役人や警察や華族や……利権を持ち、権力を振り翳《かざ》す奴らではありません。それは、市井《しせい》の民草《たみくさ》のことです」

秋水は、今紫の手を握った。今紫は縋《すが》るような瞳で、秋水を見つめている。

「あっ」と遼次が声を上げた時には、二人の世界、二人の結界ができあがっており、遼次の入り込む隙間は、欠片《かけら》もなかった。

「萬朝報は、市井の民草のために、権力に筆誅《ひっちゅう》を加えるべく誕生した新聞なのです！」

行燈《あんどん》の薄暗い室内には、二つの白い顔が浮かんでいる。完全に蚊帳《かや》の外の遼次は、指を咥《くわ》えて眺めているしかない。

「もう一度はっきり申します。僕たちは、錦織剛清の力になるため……ひいては、あなたを脅かす権力に、筆誅《ひっちゅう》を加えてやるために参ったのです。錦織の居場所、教えてくださいますね？」

今紫は、こっくりと頷《うなず》いた。

第三章　狂乱之獅子

一

東海道本線を直走る汽車が静岡ステーションに到着したのは、ちょうど昼を少し過ぎた頃合いだった。

陸蒸気《おかじょうき》の煙突《えんとつ》から流れ出る黒煙を吸収して膨れ上がったかのような鈍色《にびいろ》の雲が、どんよりと上空を覆っている。

辺りは霧が立ち込めており、仄暗《ほの》かった。空気は湿り気を帯びていて、肌寒い。今にも一雨《ひとあめ》が降り出しそうな塩梅《あんばい》だった。

歩廊に降り立った逵次は、荷物を床に下ろす。

どすん、となんとも重たげな音が響く。

自身の肩を抱き、身を震わせた。白い息が、霧の中に溶けるようにして消えた。

荷物は三本ベルト締めの行李鞄《こうりかばん》が二つ。着の身着のままの遼次とは違い、どちらも秋水の鞄である。

何が入っているのか見当もつかないが、やたらと重い。新聞記者の七つ道具でも入っているのだろうか。

そのくせ秋水は、重たい荷物などさらさら持つ気はないのだから、嫌になる。

いや、人に持たせると考えているからこそ、まったく引き算のない荷造りになっているに違いない。遼次は悲鳴を上げる腰を摩《さす》った。長時間の移動で、なんだか尻も岩のように凝《こ》り固まっている。

ふと見上げると、霞みがかって今にも消え入りそうな富士山の姿が見えた。絵草紙屋で見慣れた晴れ渡った富士山の荘厳《そうごん》な姿を思い描いていた遼次は、がっくりと肩を落とした。

まるで遼次たちが静岡入りすることを、暗に拒絶しているような気がした。

漠然《ばくぜん》とした嫌な予感が、濃霧のように瞬く間に胸中に立ち込める。

「ふぁ～、よく寝た」

真横から、捉えどころのない不安を一気に掻き消すような間延びした声が上がる。

遼次の左隣で、なんともかったるそうに伸びをし、大きく口を開けて欠伸《あくび》をしたのは、秋水だった。

遼次は小さく舌打ちし、なんとものほほんと気の抜けた上司を忌々《いまいま》しく垣間見た。

江戸吉原、大黒楼遊女の今紫から、錦織剛清の潜伏先を聞き出し、身支度を整え、滑り込むように新橋ステーションから陸蒸気に乗り込んだのが、わずか六時間前である。

たかだか六時間程度で東京から静岡へ飛ぶように移動できるなどとは、御一新前には、とても想像できなかった。文明開化さまさま、といったところである。

しかし、線路をひた走る鉄の箱に六時間も閉じ込められるとあっては、遼次の疲労、心労は、並大抵のものではない。

固い座椅子に座り続け、腰も尻も、のっぴきならぬ悲鳴を上げていた。痩せ我慢で堪え、なんとか睡眠を摂ろうとすれば、秋水の鉄拳が飛んでくる。

秋水は眦《まなじり》を吊り上げて、鼾《いびき》が五月蠅《うるさ》い、のたれかかって来るのが重いなどと、あられもない言葉の数々で遼次を詰《なじ》り、責め立てる。

この鉄面皮《てつめんぴ》な上役のおかげで、遼次は汽車で揺られている間、気持ちよさそうな寝息を漏らす秋水を後目《しりめ》に、一睡もできずに目的地へ辿り着いたわけであった。

「ささっ、参りましょう。錦織が潜伏しているという油山温泉には、三時間ほど歩けば着くでしょう」

懐から取り出した地図を食い入るように見つめながら、秋水は事もなげに語った。

「ふむふむ……。安倍川沿いの安倍街道をまっすぐに進むようですね。どうやら道に迷う心配も一切なさそうです」

至極《しごく》、爽《さわ》やかな笑顔を秋水は浮かべた。

「三時間も……」

疲労困憊《ひろうこんぱい》で、体力、気力ともに今にも尽き果てそうな遼次は、まるで絞首刑を言い渡された囚人のように、茫然《ぼうぜん》とした。

「なに、ぼけっと突っ立ってるんですか。行きますよ、御代田さん」

遼次の肩をばしっと叩き、秋水は颯爽《さっそう》と歩いていく。遼次の足許には、二つの行李だけが、ぽつんと残された。

「ちくしょう、覚えてやがれ、あの糞餓鬼《くそがき》……」

小声で愚痴《ぐち》を零《こぼ》しながら、荒々しく行李《こうり》を持ち上げた、まさにその時。ぐるん、と秋水が凄《すさ》まじき勢いで振り返る。

「ひっ、申し訳ねぇだ、つい出来心だったんだべ！」

恐怖が体に染みついている遼次は、条件反射で乱暴に荷物を床に落とし、頭を下げていた。

しかし、秋水はなにも暴言を恐ろしき地獄耳で聞き取って、鬼の首でも取ったかのように、遼次を痛めつけようと振り返ったわけではないようだ。

「おかしいですねぇ。今、誰かに見られていたような気がしたんですが……」

秋水はしきりと首を捻《ひね》っている。遼次も改めて周囲を見渡してみた。

だが、歩廊《ほろう》には、ぱらぱらと人影はあるものの、こちらの様子をひたすら窺っているような不審《ふしん》な輩《やから》は、誰もいなかった。

「気のせいですかねぇ」

釈然《しゃくぜん》とせぬ表情を浮かべながらも、秋水は前へ向き直り、歩き出す。

再び行李を持ち上げようと手を伸ばしたその時。

「あ、そうそう」

今度はゆっくりと振り返った秋水は、遼次を見つめて、にっこりと笑った。

「その荷物、丁寧に運んで下さいね。少しでも傷をつけたら、許しませんよ」

二

静岡駅を出て北へまっすぐに上がったところが、安倍街道である。

雄大な安倍川の流れに、ほぼ沿う格好で、安倍街道はまっすぐに伸びていた。

川の流れに逆らうように、二人は、ひたすら黙々《もくもく》と歩いて行く。秋水の足取りは、すこぶる軽やかで、遼次の足はまるで鎖が巻き付いた鉄丸でも引きずっているかのように重かった。

駅を出てしばらくは、露店や民家が続いており、人通りも多かった。

時折は、馬車とすれ違い、ゆっくりと安倍川を下る舟影を見かけたが、北上へ足を進めれば進めるほど、通行人は疎《まば》らになっていく。

二時間も歩き続けると、寂しげな蜜柑畑《みかんばたけ》や茶畑と、足場の悪い勾配《こうばい》の急な農道が続くようになった。

ゆったりと整備の行き届いた街道を外れると、俄然《がぜん》、体力は限界に達し、真冬であるのに、額からは滝のような汗が流れ、息が切れた。

「ほら、御代田さん。もう少しですよ、頑張ってください」

とってつけたような声援を送ってくる秋水は、竹筒を片手に、惜しげもなく、実に美味《うま》そうに水を頬張っている。

喉が乾ききっている遼次は、生唾《なまつば》を呑んで、竹筒を見遣《みや》る。まるで何百年と水分を摂取していない干からびた木乃伊《みいら》にでもなったような気がした。

そもそも、この竹筒がどこから現れたのかといえば、遼次がうんうん唸《うな》りながら運んでいる行李の中から出現したものであった。

秋水は用意周到で、いかなる状況にも対応できるよう、竹筒のみならず、衣類に番傘《ばんがさ》に硯《すずり》に、今朝方に買い込んだ新聞に——本当に必要なのか首を捻《ひね》りたくなるような西洋菓子から、いったいなんに使うのか理解に苦しむ女物の衣服（ひょっとして、うっすらと見覚えのあるあの柄は、朝子のものではなかったか？）まで、千差万別《せんさばんべつ》のものが詰まっていた。

ところが、遼次のために用意された竹筒などは存在しなかった。

着の身着のまま汽車に飛び乗った遼次の後悔は、富士山よりも高く、駿河湾よりも深かった。

「ウフフ。飲みたいですか？」

視線に気づいた秋水が、憐《あわ》れみの籠った眼差しで、菩薩《ぼさつ》のような微笑を浮かべ、そっと遼次の前に竹筒を差し出した。

一瞬、秋水の背に後光が差しているように見えた。仏のような顔をして、心は悪鬼羅刹《あっきらせつ》そのものだと思っていたが、秋水の辞書にもどうやら「武士の情け」という言葉が存在したらしい。今となっては、聞屋《ぶんや》の情けだが……。

遼次は震える手で、竹筒に手を伸ばし、呷るように水を飲もうとしたが……。

「空じゃねぇか、ちくしょう！」

地面に竹筒を叩きつける。秋水は腹を抱えて、げらげら笑っている。

「人を馬鹿にするのも、いい加減にしろっ」

さすがの遼次もかっと頭に血が上り、怒鳴った。重い荷物を文句の一つさえもいわず、代わりに運んでやったのに、この仕打ちはないだろう。

文字通り抱腹絶倒《ほうふくぜっとう》せんばかりの秋水の笑い声が、ぴたりと止んだ。

秋水は怯《おび》える眼で、遼次を見つめると、じりじりと後ずさっていく。

「なんでぇ、もう怖気《おじけ》づきやがったか」

ちょっと怒鳴り返しただけで、こうも慌てふためくとは……。ひょっとして、秋水は、内弁慶《うちべんけい》ってやつか？

ふいに抓《つね》られたり、飛び蹴りを食らったりして散々痛い目に遭わされてきたわけだが、実は腕っぷしも弱いのかもしれない。本気の殴り合いになれば、生白《なまっちろ》い秋水の細腕など、ひと捻りにできそうだ。

遼次は、なんだか秋水のこれまでの言動が、年上の部下に舐められまいとする、必死に虚勢《きょせい》を張った小動物のように思えて来たものだから、堪らない。

「まぁ、俺も、その、あれだ、鬼じゃねぇべした」

下剋上《げこくじょう》が成功したと思うと照れくさく、遼次は鼻の頭を掻いた。

「御代田さんっ、そのまま、そのまま動かないで！」

「は？」

遼次が怒気《どき》を失った後も、秋水はどんどん後ろへ下がっていく。いったいどこまでこの男は、小心者なのだ？

訳がわからず首を捻《ひね》るのと、秋水が脱兎《だっと》の如く背を向けて走り出したのは、同時だった。

「御代田さんの死は、決して無駄にはしませんからね！」

「……なんだっぺ？」

ふと背後で、荒い鼻息のような鳴き声が聞こえる。

遼次の顔面が引き攣《つ》る。恐る恐る振り返った。

まるで狩人のような鋭い眼で、威嚇《いかく》するように遼次を見つめている一頭の獣《けもの》。

茶褐色の体毛に全身を覆われ、剥き出しの鼻の下には二本の鋭い角が覗いている。

目の前で、気性《きしょう》の荒そうな猪が、しきりと唸《うな》っている。

獰猛《どうもう》そうな瞳が、薄暗い霧の中で光っている。縄張りを荒らされて興奮しているのだろうか。息遣いが、荒い。

思わず遼次も後ずさる。

「秋水の野郎ぉ！」

一目散に遼次は逃げ出した。

三

農道を外れ、とても道とは呼べぬような獣道を死にもの狂いで駆け抜けた遼次は、体力の限界に達すると、膝から崩れ落ちるように湿った地面へ倒れ込んだ。

肩を上下させ、周辺の空気を吸いつくさんとするような荒い呼吸を繰り返す。

しばらくは、生きた心地がしなかった。それでも、冷たい空気が肺に満たされるとともに、今にも破裂せんばかりに鳴っていた心ノ臓も、次第に落ち着きを取り戻す。

どうやら怒り心頭の凶悪な猪からは、無事に逃れられたようだ。

脇目も振らず、前だけを見てひたすら走り続けたから、どこまで危うかったのかは定かではない。

「あー……助かったべえ」

まるで童が泣きべそを掻くような声が零《こぼ》れた。

遼次の声が掻き消えると、辺りは静寂に包まれる。

いったい、ここはどこか。一心不乱《いっしんふらん》に逃げ回っていた遼次は、自分が今現在どこにいるのか、さっぱり見当もつかなかった。

地図は秋水が持っていたし、運んでいた行李は、逃げ出す時に放り出した。周囲は仄暗《ほの》く、人の気配はない。

なにより、立ち込める濃霧が視界を塞いでいる。まるで、雲の中にでも迷い込んだようだ。これでは近くに秋水がいたとしても、わからない。

名も知らぬ森の中で遼次一人のみが、着の身着のままの哀れな姿で存在している。

遭難、の二文字が頭をよぎり、遼次は震え上がった。

なんとか秋水と再会しなければ……、いや、せめて荷物を放り出した場所までどうにか戻れぬものか。

ひょっとすれば秋水が戻って来ているかもしれぬし、なにより行李の中に、西洋菓子や衣類や新聞が詰められていたはずだ。

咄嗟《とっさ》の出来事とはいえ、行李を放り出した軽率《けいそつ》さを恨む。

あの行李さえあれば、霧が晴れるまで、なんとか寒さや餓えは凌《しの》げるだろう。

霧さえ晴れれば、自力で下山し、地元住民に助けを乞える。

まったく記憶にない逃走経路をなんとか思い出そうと、遼次は腕を組み、考え込んだ。

火事場の馬鹿力とはいえ、我武者羅《がむしゃら》に随分と長い距離を走っていたような気がするが……。

ふと微《かす》かに水音が聞こえ、遼次は耳を欹《そばだ》てた。

近くに川があるのか。川伝いに山を下りていけば、安倍川に沿って走る安倍街道まで下山できるかもしれないが。

微《かす》かに差し込んだ希望の光に縋《すが》りつくように、遼次は慎重に水音のする方角へ足を運んだ。

木々の合間を縫うようにして歩き、すぐに開けた場所に出た。

水音の正体は、川ではなく、底も見えぬほどに濁った沼だった。遼次はがっくりと肩を落とした。

と、その時である。

灰色に霞む紗幕《しゃまく》の向こうに、うっすらと黒い人影のようなものが垣間見えた。

「なんでぇ、秋水か。おどかすんじゃねぇ……」

一歩さっと足を踏み出した遼次の足が、ぎょぎょっと固まる。

「いひ……ひ、ひひ、ひ」

漏れ聞こえた甲高い奇声は、どう考えても秋水の声音ではなかった。

遼次は、まるで金縛りにでも遭ったかのように動けなくなった。瞬《まばた》きも忘れて、立ち尽くす。

ゆっくりと、霧が流れていく。

仄《ほの》暗い森の中で、精気のない男の顔が、ぼうっと浮かんでいる。骨をそのまま皮で包んだような歪《いびつ》に痩せ細った肢体を折り曲げて、何かを覗き込んでいた。

肌は浅黒く燻《くす》んでいる。髪は乱れ、眼は落ち窪み、下瞼《したまぶた》には隈《くま》が広がっている。

頬、口元、両の掌、体中のあちこちに血が混じり合ったような赤黒い泥がこびり付いていた。

薄い唇からは、唾液と混ざり合った鮮血のような液体が、顎《あご》を伝って、滴り落ちていく。

「いひ、いひいいいいいいいいいいいいいいいいいいい」

奇声を発し、口元を綻《ほころ》ばせながら、黒い泥のような物体を貪《むさぼ》るように食べていた。

遼次は、腰を抜かした。悲鳴を上げるにも、声は掠《かす》れて、言葉にならない。

化け物だ、と遼次は思った。

影が遼次に気付いた。視線が交錯《こうさく》する。

焦点の定まらぬ瞳が、カッと見開かれたかと思うと、断末魔《だんまつま》のような雄叫びを上げて発狂し、赤黒い両の掌を己の首に廻し、強く絞め始めた。

苦しいのか、男は目尻に涙を浮かべ、足をばたつかせている。大きく開いた口からは、舌が伸び、黄ばんだ歯が垣間見えた。

ただひたすら己の首を絞め続ける幽魂《ゆうこん》のような男を、遼次は茫然《ぼうぜん》と眺めていた。

悪寒《おかん》が走り、背筋が凍りつく。生きている心地がしなかった。

現《うつつ》の出来事とはとても思えない。まるで悪夢の中にでも迷い込んだかのようだ。

だが、夢でも幻でもなく、現実であると遼次に突きつけたのは、霧の袖《そで》から檀上へ飛び出して来た、第三の役者だった。

「誠胤《ともたね》さまっ」

猛牛《もうぎゅう》のような巨躯《きょく》の大男だった。

筋肉質の太い腕で、己の首を絞め続ける亡者の腕を引き剥がす。我を忘れ、荒くれる獣のように吼《ほ》え、錯乱《さくらん》する男を、大男は強く抱いた。

噛みつかれ、爪で引っかかれ、蹴られても、大男はうんともすんとも言わぬ。

やがて棒切れのような細い腕は力尽きたのか、枝垂《しだ》れ柳のように、だらんと鎮《しず》まった。

泣き疲れた子供のように影は、大男の腕の中で温和《おとな》しくなった。

遼次は頭を殴られたかのような衝撃を受けた。

得体の知れぬ影を抱きしめた大男が、亡者の影を「誠胤さま」と呼んだのを遼次の耳は、聞き逃さない。

「錦織剛清さんですね」

聞き覚えのある声に振り向くと、いつの間に現れたのか、秋水が立っていた。

いったい、いつからそこに立っていたのか。まったく神出鬼没《しんしゅつきぼつ》である。

さすがの秋水も興奮しているのか、声が上ずり、頬もどことなく紅潮している。

が、無理もないだろう。何日も何日も追い続けて来た男が、今まさに目の前にいるのだ。

期待と興奮、恐怖と思惑《おもわく》の籠った眼で、目の前の男を見据えている。

錦織は、想像よりも精悍《せいかん》で、屈強な肉体を持っていた。まるで絵巻物から飛び出した甲冑《かっちゅう》武者のような偉丈夫《いじょうぶ》だった。

腕の中の骸骨《がいこつ》のように痩せ細った男は、狐憑《きつねつ》きの殿様、相馬誠胤に違いない。——先ほどの錯乱騒ぎが、なによりの証拠だろう。

狐憑きの殿様を腕に抱いたまま、錦織は遼次と秋水を強く睨みつけた。

「誰だ、お前ら」

錦織は、低く野太い凄《すご》みのある声を放った。

殺気立った錦織の威圧感に圧倒され、遼次は固唾《かたず》を呑む。

今の錦織は、なにをいっても聞く耳を持たない気がした。下手な手を打てば、こちらに襲い懸かって来るかもしれない。

その時、焦点の定まらぬ視線を虚空《こくう》に漂わせていた相馬誠胤の意識が落ちた。がくっと首が後ろに垂れ下がる。全身の力が抜け、重くなったのだろう、錦織は慌てて誠胤を抱え直した。

「誠胤さま、誠胤さまっ！」

突然、何の前触れもなく意識を失った誠胤に、錦織は慌てふためいたようだった。

何度も揺すり起こそうとするが、誠胤はぐったりとしたまま、目を覚まさない。

「おのれ、貴様らぁ、相馬家の……」

錦織は怒りに眼を血走らせて、遼次たちを睨《ね》め付ける。どうやら錦織は、相馬の殿様に、遼次たちが何やら危険物を食わせたものと勘違いしているらしい。

錦織が駆け付けた時には、誠胤は泥と血に塗《まみ》れて錯乱状態だったのだから、誤解されても無理はない。

二の句が継げずに周章狼狽《しゅうしょうろうばい》する遼次を後目に、秋水は、躊躇《ためら》わずに錦織の前に歩み寄ると、ぴしゃりと言い放つ。

「五月蝿《うるさ》いですよ。少しお黙りなさい」

「なんだとっ」

激昂する錦織に向かって、秋水は気が抜けるほどあどけない微笑を浮かべ、流暢《りゅうちょう》に語り出す。

「私は萬朝報社記者の幸徳伝次郎、署名を秋水と申します。あちらは、猫の手よりも役立たずの木偶《でく》の坊、御代田遼次。なにか勘違いされているようですが、我々に相馬家との繋がりは一切ありませんし、殿様には指一本たりとも、触れちゃあおりませんよ」

「聞屋《ぶんや》……だと？」

錦織は目を瞬かせた。

「信じられるかっ。剛清さまは、こうして泥に塗《まみ》れ、怪我まで負っているのだぞ！」

「なんだか、甘い匂いがするんですよねぇ」

秋水は、騒ぎ立てる錦織の言葉を一刀両断し、小さく形のよい鼻梁《びりょう》をひくひくと動かした。

錦織は、秋水の春の陽射しのような柔らかな物腰に絆《ほだ》されて、すっかり毒気を抜かれたのか、牙を抜かれた狼の如く黙り込んだ。

しゃがみ込んだ秋水は、誠胤の胸元まで顔を寄せる。

誠胤の掌をそっと掴み取ると、指の腹で泥と血を掬い取って、ぺろっと舐《な》めた。

確信を得たのか、途端に秋水は、満足げに頷《うなず》いた。

「これ、泥でも血でもありませんよ。溶けたチョコレートです」

聞き慣れぬ言葉に、遼次も錦織も、目を瞬かせた。

「舐めてみてください」

ぐったりと力の抜けた牛蒡《ごぼう》のような浅黒い細腕を差し出されて、錦織は一瞬うっと躊躇《ためら》った後、恐縮そうに手を伸ばした。

泥に塗れた血を掬い取り、舐める。

「血が、甘い！」

錦織の眼は驚愕《きょうがく》に打ち拉《ひし》がれているように見えた。まるで奇術師《きじゅつし》の手品や軽業師《かるわざし》の曲芸《きょくげい》でも目にしたかのように、顔を上げて秋水を見た。

反応がおかしかったのか、秋水は吹き出すように笑った。

「嫌だなぁ、種も仕掛けもありませんよ。チョコレートは、西洋菓子の一つです。一欠片《かけら》でも口に含めば風味絶佳《ふうみぜっか》、舌も蕩《とろ》けるような甘味が咥内《こうない》に広がる、まことに美味な菓子なのですが、暖かいところで保管すると、たちまち溶けるのです。おそらく、相馬の殿様が両の掌で強く握り締めた熱に耐えきれず、泥のような有様になったのでしょう」

洒落《しゃれ》た舶来の菓子など食べた経験のあるはずもない遼次も、秋水の饒舌《じょうぜつ》を聞いているうちに、なんだか気になって来た。

おそるおそる手を伸ばし、舐めてみる。

今まで味わった経験のない風味と甘味が、咥内に広がる。

舐めただけでこれだけ美味なのだから、まともに一口食べたら、舌が本当に蕩《とろ》けてなくなるかもしれぬ、と思った。

「なんだか……酒の味も混ざっているような……」

甘味の抜けた後に微《かす》かに感じた酒精《しゅせい》に、遼次は小首を傾げた。

秋水が、ポンと柏手を打つ。

「さすがは、ろくでなしの御代田さん。酒浸りの荒んだ生活を送っていただけあって、アルコールには敏感ですね」

「アル……なに？」

聞き慣れぬ横文字が次から次へと出てくるので、遼次は目を瞬《しばた》かせた。先ほどから随分と酷《ひど》い言われような気がするが、訂正を入れる余裕もない。

江戸時代のまま時が止まり、文明開化の波に乗り遅れているのは、錦織も一緒らしい。ぽかんと、呆気《あっけ》にとられたまま、放心状態だ。

「ええっと……ですね。簡単に説明しますと、チョコレートにはいろんな種類があるのです。ウイスキー・ボンボンというチョコレートがありまして。ウイスキーというのは英吉利《イギリス》の酒のことです。相馬の殿様に付着している赤い液体は、血液ではなく、溶けたチョコレートから漏れ出したウイスキーを着色したものですね」

秋水は自信に満ち溢れた表情で、毅然《きぜん》と推論《すいろん》を披露《ひろう》した。

「僕の推論が正しければ、相馬の殿様は、ウイスキー・ボンボンを大量に摂取《せっしゅ》し、酔っ払って、眠っているだけかと……」

改めて相馬の殿様を見ると、なるほど、痛がっている素振りもなく、微《かす》かに鼾《いびき》を掻《か》いて気持ちよさそうな寝息を立てているような気が――しないでもない。

なんとも人騒がせな話ではあるが、事件はこれにて一件落着だと、遼次は胸を撫で下ろした。

ところが、錦織はまだ納得できないらしい。秋水の推理に不満そうだ。

「なんで舶来の菓子が、こんな静岡のド田舎の山の中にあるんだ。西洋菓子など、高級品だろうが」

どうやら図体がでかいだけの唐変木《とうへんぼく》というわけではないらしい。

「あはは、それならば、簡単です。そのウイスキー・ボンボンは、僕の所持品だったのですから」

ぬけぬけと秋水は答え、悪びれた素振りは微塵《みじん》も見せず、少し恥ずかしそうに頭を掻いた。

「いやぁ、錦織さんと相馬の殿様に無事に出会えたら手土産《てみやげ》にしろと、黒岩先生から預かっていた品だったのですがねぇ。どうやら盆暗《ぼんくら》の弟子が、猪に追われたばかりに、私の行李《こうり》を放り出して逃げ出しましてねぇ。本当に値の張る品だったのですがねぇ……だから、あれほど、大切に丁重に扱えと、僕、念を押しましたよね、御代田さん？」

急に話の矛先《ほこさき》を向けられて、遼次は言葉に詰まった。噎《む》せ返るように咳き込んだふりをして、場を誤魔化《ごまか》そうとしたが……。

「結局、貴様らのせいじゃねぇか！」

錦織が、怒髪天《どはつてん》を衝《つ》く勢いで怒鳴り散らした。が、秋水は微動《びどう》だにせず、にやにやと意地の悪そうな笑みを浮かべている。

「僕らのせいにされるのは、心外だなぁ。そもそも、錦織さんが、しっかり相馬の殿様を見張っていれば、こんなややこしい事態にはならなかったと思いますが？　いったい相馬の殿様を連れ出して、なにをしていたのです？　事と次第によっては、記事にしますよ」

言葉に詰まるのは、錦織の番だった。

穴の空《あ》いた紙風船のように萎《しお》れる錦織の巨躯を見て、遼次は心底、秋水が味方で良かったと思った。

舌先から生まれて来たに違いないこの優男に、口で敵《かな》う者は、いない。錦織は体に似合わぬ小声で、ごにょごにょと言い訳を始めた。

なんでも、剛清がどうしても外に出たがるので散歩の御供《おとも》をしていたら、濃い霧に捕まり、うっかり、はぐれたのだという。

散々探し回ってようやく見つけたところに、狂乱する剛清と、腰を抜かした逵次の前に出くわした、という経緯だ。

「なにはともあれ、こんな場所で寝ていたら、相馬の殿様が風邪を引きます。宿屋に戻りましょう」

「言われなくとも、わかっている！　絶対に従《つ》いてくるなよ」

錦織は自暴自棄気味に叫んで、剛清を軽々とおぶった。

「僕たちを帰して、本当にいいんですかぁ？」

にやっと秋水は眼を鎌のように細めて、嫌らしい笑みを浮かべた。

「僕たち、里に下りて、稀代《きだい》の誘拐犯、錦織剛清が油山温泉にいると警吏《けいり》に密告するかもしれませんよ？　いや、警吏に密告するよりも、相馬家に情報を売ったほうが金になるかなぁ？　ああ、明日の見出しが、いくらでも思いつくなぁ」

錦織は秋水を睨みつけた。秋水は臆《おく》することなく、にこにこ笑っている。

観念《かんねん》したように錦織は、肩を落とす。

「……とりあえず、一緒に来い」

遼次は、そっと秋水に耳打ちした。

「しかし、秋水、よく俺の居場所がわかったな」

秋水が駆け付けてくれねば、話はどんなに崩れていたか、わからない。遼次一人だけでは、錦織に伸《の》され、取り逃がしていただろう。

「なに言ってるんですか。僕は御代田さんの居場所を探していたわけじゃありません。御代田さんが放り出した荷物を取りに戻って来たんです」

仏頂面《ぶっちょうづら》で秋水が答えた。

なんでもこの池は鯨ヶ池といって、先ほど猪が出現し、二人がはぐれた場所と、目と鼻の先にあるらしい。秋水は荷物を取りに戻り、剛清の奇声を聞きつけて、遼次の居場所まで偶然に辿り着いたのだった。

秋水は、誠胤が漁《あさ》って散らかった行李を指差し、相好《そうごう》を崩した。

「荷物、忘れずに持ってきて下さいね」

四

錦織が潜伏していた旅館は、鯨ヶ池から一里強（五キロ）ほど歩いた油山温泉にあった。森の中にひっそりと佇《たたず》む質素な宿の二階の角部屋に、錦織と誠胤は身を寄せ合うように逗留《とうりゅう》し、身を隠していたらしい。

八畳の部屋は、二人で過ごすには十分に広く感じられるほど、こざっぱりしていて、荷物は、ほとんどない。

床の間には、寒々とした雪空の下、川を下っていく一艘の小舟が描かれた水墨画が掛けられていた。

錦織の逃亡生活は、今日で七日目となるが、そのほとんどを、この部屋に隠れて過ごしていたようだ。

「なかなか悪くない部屋ですねぇ。いったい資金は、どう都合しているのですか？」

無遠慮《ぶえんりょ》で不躾《ぶしつけ》な視線で室内を嘗《な》め回すように眺めながら、秋水が尋ねた。

だが、秋水の疑問は、もっともだった。

いくら誠胤が富み百万と称された華族の人間とはいえ、入院中に多くの金子《きんす》を持ち合わせていたとも思えず、錦織は遼次と同じ、維新の波に乗り損ねた落ちぶれ者である。

金子《きんす》もないのに、いつ終わるともしれぬ逃避行の逗留先に、温泉宿は選べまい。正体をうまく隠せても、宿賃が払えねば、いずれ警察を呼ばれる。

錦織は、眉一つ動かさずに秋水の問いを無視し、背負っていた誠胤を、そっと静かに畳の上に下ろした。

遼次は、障子窓を開いた。

天気が良ければ、日当たりも見晴も良い部屋なのかもしれないが、一向に霧は晴れず、なに一つ見えなかった。

遼次は身を乗り出すようにして、外を窺った。

なんだか黒い人影のようなものを見たような気がしたのだが、すぐに消えてしまった。

猪が出るくらいだから、猿かもしれぬと遼次は思った。

「あっ、なにをするんです！」

背後から急に差し迫った小さな悲鳴が上がった。振り返ると、錦織が秋水の細腕を捻《ひね》り上げていた。

「やめろ！」

遼次は咄嗟《とっさ》に飛びかかったが、側頭部に拳を食らい、いとも簡単に伸された。

二人はあっという間に、帯で両手両足を縛り上げられ、芋虫《いもむし》のように畳に転がった。

猿轡《さるぐつわ》まで嵌められて、悲鳴を上げることもできない。

クックッと満足そうに錦織は喉の奥で笑った。

「お前ら、底抜けの阿呆《あほう》だな。誘拐犯の根城に、のこのこと従《つ》いてくるやつがあるか。茶菓子の一つでも出してもらえるとでも思ったのか？」

口も塞がれている遼次は、ぐうの音も出なかった。

確かに誘拐犯といえば、天下のお尋ね者だが、錦織は一連の報道の中で「忠義の士」としての偶像ができあがっていた。

油断と言えばそれまでだが、錦織の正義が一人歩きしていただけに、錦織の後に従《つ》いていく事態と、おのれの身の危険が、どうにも結びつかなかった。

「あぁ、誠胤様、こんなに汚れて、お可哀想《かわいそう》に……」

錦織は、赤子のようにすやすやと寝息を立てる誠胤の顔を覗き込むと、でかい図体には似合わぬ猫撫《ねこな》で声を発した。頬にこびり付いたチョコレートを太い指で拭う。

振り返った錦織は、床に転がったまま手も足も出ない遼次と秋水を睨み付けた。

「おい、お前ら。俺は今から、誠胤様の体を清めるために湯を汲んで来る。下手な真似をしやがったら只じゃおかねぇから、覚悟して転がってろ」

ドスの聞いた低い声に、遼次は魔羅《まら》が縮み上がるのを感じた。

錦織は、部屋を出て行った。

途端に、室内はシンと静まり返る。畳に頬を押し付けながら、遼次は焦りを覚えた。

絶体絶命の危機である。錦織のような大男に素手では敵《かな》わない。生白《なまっちろ》い細腕の秋水では、尚更《なおさら》だ。

逃げるなら、今しかないと思った。だが、いったい、どうやって……。

と、その刹那《せつな》。

「まったく錦織の馬鹿力は、嫌になっちゃうなぁ」

ひょっこりと気怠《けだる》そうに体を持ち上げたのは、遼次の後ろで転がっていたはずの秋水だった。

いつの間にか秋水の猿轡《さるぐつわ》は解け、両手両足の拘束《こうそく》も解き放たれている。

「あーぁ、痣《あざ》になっちゃってる。僕、色が白いもんだから、すぐ痕に残っちゃうんですよねぇ」

秋水は、自分の両手首を擦《さす》っては嘆いている。縛られていたのは短時間のはずだが、なるほど秋水の白い手首には、真っ赤な帯の痕が、くっきりと残っていた。

驚愕《きょうがく》のあまり目を見張る遼次に気付いた秋水は、ふっと柔らかい微笑を浮かべた。

「忍法縄抜けの術……なーんちゃって」

秋水は、掌を遼次の目の前に差し出した。なんと秋水の手の中には、ちょこんと小型の剃刀《かみそり》が収まっているではないか。

「新聞記者たる者、油断は禁物ですよ、御代田さん」

今まで幾度となく見た意地の悪い笑みを、秋水は浮かべた。

遼次は嫌な予感がした。声を発しようとしたが、猿轡を嵌められているてまえ、ふがふがと音がするだけで、声にならない。

秋水は、すっと立ち上がると擦り足、摩り足で部屋を出ようとする。遼次は慌てた。

遼次を見捨てて一人で逃げるというのは、あまりに無慈悲《むじひ》ではないか。

「シーッ。相馬の殿様が目を覚ましたら難物《なんぶつ》です」

秋水はにやにや笑って、人差し指を口元に当てる。

この男は、今、本気で遼次を見捨てようとしている！　秋水の冗談ほど、洒落《しゃれ》にならぬものはない。

「それにしても、御代田さんには、がっかりです。なんのために連れて来たと思っているのですか。体を張って、錦織を押さえつけてもらわないと」

秋水は手に持っていた小型の剃刀を、畳の上にわざとらしく落とした。

しかも、遼次の転がっている位置からは届きそうで届かない、絶妙《ぜつみょう》な場所だ。

絶対に、わざとだと、遼次は歯噛みする。

「御代田さんが思ったより使えないので、僕は応援を呼ぶために朝報社に電報を打ってきますから。錦織はすぐに戻ってくると思いますが、適当に場を繋いでおいてくださいね」

秋水は、鼻歌でも歌い出さんばかりの上機嫌《きげん》で部屋を出て行った。一度も後ろを振り返ることなく……。

遼次は床に転がったまま、秋水を恨めしく思った。

しん、と室内が静まり返った。行燈の仄《ほの》かな光が、室内を照らしている。

「秋水の野郎……」

とにかく縄を解《ほど》かねば。このまま錦織が戻って来た時、秋水の姿が忽然《こつぜん》と消えていれば、錦織は遼次を責め立てるだろう。

下手を打つと、激高《げっこう》した錦織に袋叩きにされかねない。手足を封じられた状態では、ろくな抵抗もできない。

遼次は、菜っ葉の上を這い進む芋虫のように畳の上を転がり、秋水がわざとらしく落としていった剃刀を、なんとか手中に収めた。

手が悴《かじか》んでいるうえに、手元がよく見えないために、なかなか両手首を縛りつける荒縄が切り落とせない。

早くしないと、錦織が室内に戻って来る。

額に脂汗《あぶらあせ》が噴き出す。焦りが込み上げるのか、手元が狂う。

うっかり指先を切りつけてしまい、苦痛に顔を歪めた。指先がヌルヌルと滑った。血が滲んでいるようだ。

「くそっ……」

焦燥《しょうそう》と苛立《いらだ》ちが最高潮に達する。

ふと視線を感じて、目をやると、狐憑きの殿様が、目をぱっちりと開けて、遼次を見つめていた。目が合うと同時に、背筋が凍った。

誠胤は、瞬き一つせず、一声も発せず、ただひたすら、じーっと遼次を見つめている。黒々とした大きな瞳に、遼次は吸い寄せられた。目を逸《そ》らす機会を掴めず、時が止まったかのように、誠胤の瞳を見つめ続ける。

誠胤の視線が次第に上がっていく。遼次は釣られて、視線を追った。視線は、置き去りにされた秋水の行李の前で、ぴたりと止まった。

誠胤の薄い唇が、微《かす》かに震えた。

その時、乱暴に戸が開いた。

「いたぞ」

「相馬誠胤だ」

四人の男たちが、土足で荒々しく室内に踏み込んで来る。

どれも斬髪《ざんぱつ》で、洋装をした男どもだ。

相馬の殿様は、途端《とたん》に錯乱《さくらん》し、奇声を発した。怯《おび》えるように部屋の隅に逃げ込むと、額を壁に打ち付ける。

「まずい、押さえろ」

男たちは、暴れる誠胤を問答無用で捻《ね》じ伏せる。両腕を捻じ上げられ、畳に顔を押し付けられた誠胤は、けたたましい悲鳴を発した。

「おい、発作だ。おとなしくさせろ」

「薬だ」

「御神水を早く」

三人の男たちは、誠胤を押さえつける。無理やり口を抉《こ》じ開け、竹筒からなにか得体の知れぬ液体を呑ませた。

幾度も吐き、噎《む》せ返る誠胤の喉の奥に突き刺すように、竹筒を飲ませ続けている。誠胤の口から、水のような透明な液体が溢れ、顎を伝って、畳に滴り落ちていく。

「やめろ！」と遼次は、思わず叫んだ。しかし、猿轡《さるぐつわ》の布に吸い込まれるように掻き消えて、声にはならない。

途端に誠胤は、おとなしくなった。ぐったりと体の力が抜け、ぴくぴくと、痙攣《けいれん》するように小指のみが動いていた。

遼次は目を見張った。いったい目の前でなにが起きたのか、理解できなかった。

男たちは、室内に転がっている遼次の存在に初めて気が付いたようだった。

ぎょっと振り返り、まじまじと遼次の顔を覗き込む。互いに目配《めくば》せする顔には、戸惑《とまど》いの色が浮かんでいる。

つい非難の声を上げた遼次だったが、体格の良い四人もの男に囲まれ、見下ろされると、途端に不安に駆られた。

相手が何者かわからぬが、両の手足が縛られている今、なにをされるかわからない。絶対的に不利な状況である。

三人の男は、無言でぐったりとした誠胤の首筋に手を当てたり、脈を取り始めた。残りの男が、遼次の目の前にしゃがみ込んだ。

男は、荒々しく猿轡を剥ぎ取った。

「錦織はどこだ」

殺気だった低い声が、頭上から降ってくる。

脳内で激しく警鐘《けいしょう》が鳴っている。理由はわからないが、なぜか絶対に喋《しゃべ》ってはならない気がした。

「知らねぇ」

男は、革靴《かわぐつ》で遼次の頭を踏みつけた。

「もう一度、聞く。錦織は、どこへ行った。お前は何者だ」

沈黙を続けるたびに、男は乱暴に靴底を遼次の頭に擦《こす》り付け、体重を掛けた。割れるように頭が痛かった。畳に頭がめり込むかと思った。

「……知らねえ。おらが誰だって？　手前らから名乗るのが、礼儀ってもんだべ」

息も絶え絶えに遼次は続けた。

ふっと男が足の力を抜いたのがわかった。頭から足をどけると、男は短刀を取り出し、鞘を抜いた。薄暗い部屋の中で、抜き身の刃が光る。

遼次は生唾《なまつば》を呑み込んだ。

「ちょ、ちょっと待て……」

殺されると、思わず目を瞑《つむ》った。

だが、男が断ち切ったのは、遼次の両手両足を縛りつける縄だった。代わりに、なにか鉄のようなひんやりと冷たいものが、手首に当てられる。

「詳しい話は、署で聞こう」

男は、力づくで遼次を引っ張り起こす。

手首に嵌められた手錠を見て、遼次は顔を引き攣《つ》らせた。おとなしく答えなかった事態を、激しく後悔した。

荒々しい男どもは、私服警邏《けいら》だった。

第四章　蓮門教

一

「出ろ」

警邏に導かれて、遼次は黴臭《かびくさ》い留置所を出た。まだ肌寒い早朝だ。

先ほどまで包まっていた吐き気を催すほどの臭気を放った薄い毛布が恋しくなり、遼次は両腕を摩《さす》った。

「今度は、なんだべ。俺は知ってる事柄は全部、話したけんちょも」

大きな欠伸《あくび》を噛み殺しながら、遼次はぼさぼさの散切《ざんぎ》り頭を掻いた。かったるそうな足取りで、警邏の一歩後ろを歩く。

「釈放だ」

「そうけ、そうけ、釈放け……。え、釈放じゃと！」

素っ気ない警邏の言葉にしきりと寝ぼけ眼で相槌《あいづち》を打っていた遼次は、かっと眼を見開いた。待ちに待った瞬間が、訪れたのである。

浅草の凌雲閣《りょううんかく》から連れ去られるように流れに流されて、酔狂《すいきょう》な誘拐犯を追い、ようやっと連れ去られた狂人を見つけたと思えば、運悪く駆け付けた警邏に拘束されて一週間。

遼次こそ真の被害者だと声を大にして叫びたいところだが、警邏は遼次を重要参考人と見なし……否、警察は遼次を錦織の共犯者だと思い込んでいた。

九割の恫喝《どうかつ》と一割の飴《あめ》の手練手管《てれんてくだ》で、遼次の心情は一時は大坂夏の陣の大坂城のように、埋め立てられた外堀をこれでもかと攻めたてられ、落城寸前まで陥った。

が、なんとか踏み止まり、ようやっと疑いが晴れ、お役御免とばかりに釈放になったのであった。

恋い焦がれ、待ちに待った、一週間ぶりの娑婆《しゃば》である。

しかし、天にも昇るような夢心地も、玄関口で壁に背を預けて、手持無沙汰そうに佇んでいる青年の姿を眼にした瞬間に、消し飛んだ。

「げぇ」

自然と、蝦蟇《がま》蛙が踏みつぶされた時の断末魔《だんまつま》のような声が喉から零《こぼ》れ落ちた。

「やぁ、お久しぶりです。御代田遼次さん」

悪の元凶の幸徳秋水が、一点の曇《くも》りなき満面の笑みを遼次へ向けた。

「お、俺はもう少し取り調べが残って……」

脊髄《せきずい》反射で、遼次は背を向けた。

虫も殺さぬ菩薩のような顔をして、この男は、笑顔で一瞬の躊躇《ためら》いも見せずに蟻の巣穴に熱湯を注ぎ込むような非道な男なのだ。

性格は、第六天魔王。しかるに、遼次には、明智光秀のような知略《ちりゃく》も、猫を噛み砕く窮鼠《きゅうそ》ほどの力もない。

「身元保証人に背を向けるとは良い度胸ですね、重要参考人の御代田遼次さん」

か細い腕が伸びて、遼次の襟首をむんずっと掴んだ。そのまま引きずられるようにして留置所を後にした。

「貴方の潔白を証明するために、私が今までどれだけ駆けずり回ったと思っているんですか。まったく使えない部下を持つと、上役は尻拭いに追われて大変ですよ」

ああ、朝日が眩《まぶ》しい。遼次は秋水の小言を耳から左へ聞き流しながら新鮮な空気を肺いっぱい吸い込んだ。ああ、空気が美味《うま》い。

「警邏への賄賂《わいろ》代は、御代田さんの給料から天引きしておきますからね！」

瞼《まぶた》にうっすらと塩辛い涙が滲んだのは、久々に浴びるお天道様の眩しさに眼がやられたからだけではあるまい。給料日までに残高が残っていればいいのだが。

「なんだって俺ばっか、こんな眼に……」

哀愁《あいしゅう》に浸《ひた》っていると、突然、秋水がぱっと掴んでいた手を離した。遼次は強《したた》か腰を地面に打ち付けた。

「なにすんだっぺ！」

見上げて怒鳴っても、秋水はしれっとしている。

「なにをぶつくさ、ほざいているんですか、御代田さん。さっさと立ってください。僕は、おっさんを引きずって歩く趣味なんて、持ち合わせていないんですよ。寝ぼけている暇なんて、万に一つもありませんからね。タイム・イズ・マネーって英吉利《イギリス》の格言《かくげん》、知ってます？　こうしている間にも、他社に特ダネを、すっぱ抜かれるかもしれませんよ。冗談は間抜《まぬ》け面《づら》だけにしてください」

「ぐ……」

この場に、ハリセンがあったらド突き回してやりたい。

なんだって、こんな若造に、襤褸雑巾《ぼろぞうきん》のように扱われねばならないのだ。しかも遼次の扱いは、ただの襤褸雑巾なんてものではない。零《こぼ》した牛乳を拭いて時が経ち、悪臭を放つようになった襤褸雑巾に対する扱いだ。

「ほら、行きますよ、御代田さん」

「嫌だね」

開き直った遼次は、地べたに胡坐《あぐら》を掻いて、そっぽを向いた。悲しきかな、遼次が思いつく限り今できる最大限の抵抗は、こんな子供じみた行為だけだった。

「いい歳こいた不良中年が、なに拗《す》ねてるんですか」

今までに聞いた例もない低い声が、秋水から零れた。

秋水は相も変わらぬアルカイック・スマイルを湛えてはいるが、眼は笑っていない。それどころか、氷山から刳《く》り抜いた氷塊のような覚めた瞳で、遼次を見下ろしている。

遼次は早くも、迂闊《うかつ》な行動に出た己を呪った。蛇に睨まれた蛙とは、まさにこの状況ではないか。

背中に冷や汗がどっと噴き出す。秋水と知り合ってまだ間もないが、この短期間だけでも、己の経験則は、危険だと告げている。後が怖すぎる。しかし、後には引けぬ。

額に汗を滲ませたままそっぽを向いたままの遼次の目の前に、すっと紙の束が差し出された。

見れば、どれも、ここ最近の新聞記事である。都新聞、東京日日新聞、明治日報、時事日報、郵便報知新聞……。有名どころのライバル紙が揃っていた。

「これを読んでみて下さい」

静かに秋水は謂《い》った。遼次は、都新聞を受け取った。

一週間も抑留《よくりゅう》されていたのだ。すっかり世情には疎《うと》くなっている。娯楽のない留置所で取り調べ以外は手持無沙汰な日々を過ごしていた遼次は、活字に飢えていた。

砂漠に滲みこむ雨水のように、紙面の内容がすらすらと頭に入って来て、遼次は一時、時を忘れて読み耽った。

——時代錯誤《さくご》の忠義狂、錦織剛清、逮捕。

——偽壮士、錦織剛清の嘘八百、世間を惑わす狂言誘拐。

どの紙面も、センセーショナルな煽《あお》りの見出しが躍り、大々的に錦織の逮捕を報じていた。

遼次が身柄を拘束される以前であれば、各紙の論調は、錦織に比較的、同情を寄せていたはずだ。庶民は皆、幕府が滅んで明治の世となっても、相馬家という巨魁《きょかい》に立ち向かい、孤軍奮闘《こぐんふんとう》する錦織の真っ直ぐな忠義心に、心を打たれていたのだ。

ところが、どの紙面も掌《てのひら》を返すような錦織総叩きが始まっていた。

「貴方が浦島太郎だって事実は、よくお分かりいただけましたか」

秋水の声が氷雨《ひさめ》のように降って来る。

「なして、こんな錦織一人が悪者になってんだべ」

誘拐という強硬手段は不味《まず》かったであろうが、主君を守ろうと必死に動いていた錦織は、遼次の眼には、とても悪人には見えなかった。

「買収ですよ、買収!」

秋水は口惜《くちお》し気に拳を握り締めた。鼻息も荒く、怒気を含んだ声で、捲《まく》し立てる。

「相馬家が各社に、大金をバラ撒いたんです。あの家は、御維新前は奥州中村の小大名でしかなかったですが、今や足尾銅山の経営なんぞをやっていて、腐るほど金があるんですから」

滝の如く無限に流れて来る罵詈雑言《ばりぞうごん》の数々に、遼次は呆気にとられた。

「それにしたって、金と権力にあっさり靡《なび》く他社の情けなさといったら！　東京日日新聞や都新聞は、元から、官営紙みたいなもんでしたけどね。節操《せっそう》のなさには、まさに反吐《へど》が出ますよ。まるで誰にでも大股を開く、蓮《はす》っ葉《ぱ》な娘みたいだ」

遼次は、もう一度、紙面へ視線を落とした。紙面を握る手が、微《かす》かに震えた。

なんだか靄々《もやもや》とした気持ちの悪い感情が、胃の腑から湧き上がって来る。

「御代田さん。対面したのは、ほんの束の間でしたが、御代田さんは、この紙面が言うように、錦織は時代錯誤の忠義狂だと思いますか？」

「……いんや」

「では、御代田さん。貴方は、誠胤《ともたね》公が狂人だと思いますか？」

脳裏に、誠胤の姿が浮かんだ。深淵な瞳でじっと遼次を見つめていた誠胤……。家人の者たちに押さえつけられ、強引に何かを飲まされていた……。

あれを見たのは、遼次だけではないか。

はっとなって遼次は顔を上げた。

「相馬の殿様が狂人か、そうでないかは、俺にはわからねぇ。だが、これだけは言える。相馬の殿様は命を狙われてる。錦織は確かに殿様を守ろうとしてたんだ」

手の中の新聞紙は、いつの間にか強く握り締められて皺《しわ》になっていた。

遼次の中に沸き立った感情は、怒りだった。厭世家《えんせいか》の自分にもまだこんな感情が残っていたのかと感心するほどの、理不尽《りふじん》な悪に対する怒りだった。

「なるほど……。つまり御代田さん。貴方は僕が朝報社へ応援を呼びに行ってから身柄《みがら》を拘束《こうそく》されるまでの間に、何かを見たんですね？」

遼次は強く頷くと、自分が目撃した一部始終を、秋水に語って聞かせた。

「あの飲まされていた水。御神水といったか……。ありゃ、怪しいべ。あれを呑まされてから、殿様は温和《おとな》しくなって……」

「ふむふむ……」

腕を組み、考え込んでいた秋水は、はっと閃いたように手を叩いた。

「御代田さん、それですよ、それ！　これで、やっと葦原閣下の暗号の意味が解けましたよ！」

「なんだべ……？」

「ほら、忘れたとは言わせませんよ。葦原閣下の証言で謎だったのは、『紫が待ってる』。これは今紫花魁《おいらん》だったと判明しました。でも、もう一つあったでしょう。しんすいです。錦織は、『これ以上、しんすいはいけない』と言っていたんでしょう」

あっと、遼次は叫びたくなった。点と点が頭の中で繋がって線になった気分だ。

しんすいとは、勝手に心酔《しんすい》のことだと思っていた。これ以上、心酔してはいけないと、錦織の自戒の念が零《こぼ》れたものと思い込んでいた。

だが、全く違う意味だったのだ。

「『これ以上、神水はいけない』か……。あの水は、毒なんじゃねぇべか。少しずつ相馬の殿様を死へ追いやるような……」

遼次はぞっとした。相馬家一族が、殿様一人を闇に葬り去ろうとしている。ただ一人、相馬誠胤を守ろうとした男は、捕縛され、塀の中に幽閉《ゆうへい》されたまま。

――ふふふふ。たったの一人、己だけが正気の場合も、あるかもしれませんよ。狂っているのは、周囲の人間たちなのかもしれない。

かつて秋水が口にした言葉を思い出した。まさか、そんな奇天烈《きてれつ》な事実があるものかと思っていたが――あの言葉は、ひょっとすると真実だったのではないか。

「このまんまじゃ、相馬の殿様が危《あぶ》ねえべ」

秋水は、ほんの少し口角を上げて、微笑した。

「御代田さん。一つ予言しますよ」

「なんだっぺ？」

秋水の真っ直ぐな瞳は、自信に満ち溢れている。

「誠胤公は狂ってなんかいません。自分の身を守るため、狂ったふりをしているのです」

「ま、まさか――」

大胆な持論に遼次は度胆《どぎも》を抜かれた。

しかし、誠胤が狂っていないと証明する材料は、何一つ持っていない。むしろ、じっと見つめ合った誠胤の瞳は、一言も言葉を交わさずとも、深い知性を携えているような気がしたのも、事実だった。

「僕、こういう直感は、結構、当たるんですよねぇ」

明日の天気でも予想するように、秋水は飄々《ひょうひょう》としていた。

「……ところで、神水って、いったい何なんだ」

もっともな疑問に、遼次は行き当たった。心酔が神水だと判明しようと、その神水が何であるのか、突き止められねば、先へ進みようがないではないか。

「神水については、僕に少し心当たりがあります」

「本当け！　ならそこを突き止めれば、相馬の殿様の命を助けられるかもしんねぇべ」

「その通りですよ、御代田さん。反撃の狼煙《のろし》を上げましょう！　さァ、立って」

血管が浮き出るほどの真白い腕が差し伸べられる。

「ああ」

強く頷いて、遼次は秋水の手を握り立ち上がろうとした——瞬間に、手を振り払われ、遼次は再び腰を、強《した》たかに地面に打ち付けた。

「痛ぇ！　なにすんだっぺ！」

「僕に口答えした罰ですよ、フン」

まるで黴菌《ばいきん》にでも触れたかのように、秋水は手を払うと、踵《きびす》を返して、さっさと行ってしまう。

「このクソガキがっ」

遼次は勢いよく起き上がると、秋水を追った。こいつだけは、いつかぎゃふんと言わせてやると心に誓って。

二

秋水がまず向かったのは、本所深川にあった遼次の住む貧乏長屋だった。瞬時の躊躇《ためら》いさえ見せず、勝手知ったる態度で上がり込んだ秋水は、すぱーんと勢いよく襖を開け放った。

「ひいやああっ」

吃驚《きっきょう》して飛び上がったのは、部屋で平穏《へいおん》に繕《つくろ》いものをしていた朝子だった。

「お、おじさまぁ……」

蚊の鳴くような声で遼次を呼んだ。

一週間ぶりに対面した姪っ子は、縫い針を放り出して、繕っていた小袖に頭を突っ込んで、突き出された尻だけがもぞもぞと不安げに蠢《うごめ》いている。頭隠して尻隠さずとは、まさに、この状況だ。

対人恐怖症も、ここまで極端になると、病気ではあるまいか。

「朝子さん。お仕事です。付き合ってもらいますよ」

容赦《ようしゃ》なく秋水は言い放った。横にいた遼次はぎょっとなる。鬼だ、まさに鬼がいる。

「し、仕事って……」

可哀想《かわいそう》に。朝子のか細い声は震えている。すかさず遼次は、助け船を出す。

「おめぇ、朝子に、なにやらせるつもりだ。人見知りの激しい朝子に、記者の仕事は無理だっぺ」

が、秋水が聞く耳を持つはずがなかった。一度こうと言い出したら、梃子《てこ》でも動かぬ男なのである。

他人が怖くて仕方がない朝子が、取材をし、記事を書き飛ばしている姿は、どうも想像ができない。

「いえ、この仕事は、朝子殿でなければ務まらぬ大役なのですよ」

けんもほろろに秋水は応えた。

「わだず、怖くって他人前《ひとまえ》になど、出れねぇべさ……」

朝子は大きく頭を振って抵抗する。

「ほほう。顔を隠していれば、少しは言葉が出て来るようですね」

秋水は、にやりと嗤《わら》って室内を見渡した。

なんだか嫌な予感がする、と遼次は思った。その予感は瞬時に的中した。

秋水は、颯爽《さっそう》と土間へ降り立つなり、隅に置いてあった底の深い笊《ざる》に、手を伸ばした。引っくり返すと、中に入っていた葱《ねぎ》が土間に落ちる。

戻って来た秋水は、朝子の悲鳴などものともせずに小袖を引き剥がすと、深笊《ふかざる》を被《かぶ》せた。

なんだか妙な虚無僧《こむそう》のようなものができあがった。

「これでよし」

秋水一人が満足げに頷いている。

「葱《ねぎ》臭いです～……」

深笊の中で朝子がぼやいている。

「葱の匂いがなんだというのです。貴女《あなた》は風邪《かぜ》を引いた時、葱を首に巻いて寝た経験は、ないのですか？　葱を笑う者は、いつか葱に泣きますよ。我が人生の師、中江兆民先生なぞは、酔っ払うと糞尿《ふんにょう》に塗《まみ》れて大の字になって寝転がっている時がありますし。あの強烈な匂いに比べたら、葱の匂いなど、可愛らしいくらいです。我慢しなさい」

深笊をぺしぺし叩きながら、秋水は立て板に水の如く、喋り続ける。

こんなに一方的に捲《まく》し立てられたら、人との会話が苦手な朝子など、反論する暇があるはずがない。

深笊の下で、朝子は眼を白黒させているに違いなかった。

「さァ、行きましょう」

秋水は、朝子の手を取ると、強引に外へ引っ張り出そうとする。

「おじさま〜……」

恨みがましい朝子の声が聞こえて来た。だが、遼次は聴かなかったことにした。心の中で合掌《がっしょう》する。秋水を止めるだけの力が、遼次にはない。

――すまねぇ、朝子……。許してくんちぇえ……。

「なにを、ぼさっとしているんですか、御代田さん。貴方も行くんですよ」

「どこさ行くつもりだ」

矛先が自分に向かってきたので、慌てて遼次は尋ねた。

「なァに、ちょっと、そこまで。ご神水を求めにね」

秋水は、弥勒菩薩《みろくぼさつ》の半跏思惟像《はんかしゆい》のように穏やかに微笑《ほほえ》む。

「ちょっとした潜入調査ですよ」

近所の八百屋に行く、とでも言うような気軽さで、秋水は告げた。

三

秋水が、小さな虚無僧を引きずるようにして連れて行ったのは、神田末広町にある木造の屋敷だった。

少し草臥《くたび》れてはいるものの、潰れた剣術道場を改造したような外観の充分な広さの屋敷であった。長屋の多くある大通りを離れ、人気《ひとけ》のない場所に、ポツンと立っている。

周囲に生えた枝垂れ柳が、風に吹かれて微かに揺れていた。近くに墓地でもあるのか、なんだか線香臭い匂いがする。

狸か狐でも化けて出そうな、薄気味の悪い場所であった。空は、いつの間にやら雲が多い。

今にも降り出しそうな光量の少ない天気であったから、なおさら何か出そうな雰囲気だった。

屋敷の玄関には、《蓮門教会》と草書で書かれた看板が立てかけられている。蓮門教……。

遼次は知らぬ宗教であった。

「おい、秋水。ここは……」

真意を問い質《ただ》す前に、秋水は、屋敷の戸を荒々しく叩いていた。

「誰かぁ、誰か、おりませんかぁ！」

まるで産気づいた妊婦を病院へ担ぎ込むような切迫ぶりである。

「誰か、誰か！」

戸を思い切り叩く拳は、瓦を叩き割らんとする空手の有段者か、はたまた、丑三つ時に呪いの藁人形に五寸釘を撃ち込む呪者の如く、熱が籠っている。

誰かを呼び寄せるのではなく、本当に叩き割ろうと目的がすり替わっているのではないかと、不安になるほどであった。

「お、おい……。誰もいねぇんでねぇか。いい加減に……」

戸を強く打つたびにびくびく怯える朝子が気の毒であり、遼次が秋水を諫《いさ》めようとしたその時——。

「えぇい、うるさいっ。何用じゃ！」

戸が開き、憤然と顔を出したのは、海老のように腰の曲がった老婆だった。

「貴方様が、蓮門教教祖、島村みつ様であらせられますか？」

秋水は、老婆にしがみついた。

「なんじゃ、貴様は」

皺だらけの重そうな瞼の下で、出目金のようにぎょろりとした目玉が秋水を捕える。

「あぁ、どうかお助けくださりませ。もう我々が頼る標《しるべ》は、ここ蓮門教会しか、ないのでございます。どうかどうか……」

秋水は目尻に涙を浮かべ、色白い頬には悲壮感すら滲ませて、老婆の足許にしがみつき、米搗《こめつ》き飛蝗《ばった》のように頭を下げ続けている。

呆気にとられて、遼次は言葉も出てこない。こんな腰の低い秋水は、見た覚えがない。

遼次からしてみれば、出るかもわからぬ幽霊よりも、よほど気持ちが悪く、恐ろしかった。

「ケケケ。どうしたのじゃ、話してみよ」

どこぞの大名家の聖母でもあるかのように、老婆は尊大な態度で尋ねた。

しかし、歯は欠け、黄ばみ、薄汚い肌に染みばかり浮かぶ老婆は、一つの貴賓《きひん》さも兼ね揃えていなかった。

「はい。私の妻の様子が、このところずっとおかしいのでございます。誰に会うとも恥ずかしがって笊《ざる》などを被り、決して外そうと致しませぬ。以前は、明るく朗らかで、よく笑う愛らしい娘でございました……」

しおらしい声で告げながら、秋水は朝子を老婆の前に押し出した。

いけしゃあしゃあと、よくもまあ、これだけ口から出任せが次から次へと出てくるものである。

遼次はある意味、感心せざるを得なかった。

老婆は、頭から爪先まで、値踏みするように朝子を眺めている。

「我が妻の様子がおかしくなった要因は、狐に憑《つ》かれたからに相違いありませぬ。医者へ行こうにも、どこも悪くはないと追い返されてしまう始末。坊主に相談しても、埒が明きませぬ。蓮門教には、どんな病もたちどころに治す神なる力があると、お聞きしました。どうか、どうか、そのお力で、我が妻を助けて頂きたいのです」

「なるほどのぅ。一目見た時から、その娘は獣臭いと思っておったところじゃ」

老婆は訳知り顔で弛《たる》んだ下顎を撫でながら、調子の良い言葉を並べている。

「では、御祈祷していただけるのですね！」

秋水は、ぱっと眼を輝かせる。まさに八面六臂《はちめんろっぴ》の、大した役者である。

「むろん、蓮門教は困り果てた棄民を見捨てたりはせぬ。じゃが……」

老婆は言い淀むと、今度は遼次を、値踏みするように眺めた。

「其許《そこもと》は何者じゃ？」

「この者は、我が家の使用人でございます。この後、大事な商談があります故、付き人として連れて参りました。なんの芸も持ち合わせておらぬ下らぬ男でございますから、その辺に転がる石ころ瓦落多《がらくた》や馬糞《ばふん》と同じに思って、一向に構いませぬ」

遼次が口を開ける隙もなく、躊躇《ためら》いも見せずに秋水が応えた。

この野郎。もっと朝子の父親とか、もっともな役回りがあるはずではないか。

老婆は、今にも欠けて消えそうな三日月のように眼を丸めた。

「ほほう。そこもとは随分とお若く見えるが、商いをしておるのかえ」

「はい。三代続く卸問屋の跡取り息子でございますから、稼業の手伝いは、当然でございます。ゆくゆくは店を継ぎ、盛り立てていかねばならぬ身。商売とは、信用第一でございますから、嫁の朝子がいつまでも客の顔を恐ろしがって見られぬでは……困り果てている次第でして」

秋水は、震えたままの朝子の肩を優しく抱いた。

「もちろん祈祷料、お布施は、弾《はず》ませていただきます。今まで掛かった医者の三倍、いや五倍は出しましょう！　如何か……」

秋水が大見得を切った途端、老婆はころころと軽快に笑った。

「なぁに、蓮門教は信者を金で選んだりはせぬから、安心するが良い。大事なのは、信心故な」

と、口先だけは都合の良い解釈を述べているが、遼次には秋水が大店《おおだな》の若旦那と知って態度が急変したようにしか見えない。

気を許した様子で、すっかり目尻が下がっている。

「まぁ、立ち話もなんじゃ。従《つ》いて参れ」

老婆は屋敷に上がるよう勧め、秋水は嫌々、なおも首を振る朝子の手を引いて、軽率《けいそつ》に老婆の跡に従いていく。遼次も従いていかぬわけにはいかぬから、後に続いた。

「うっ」

室内は、なんだかお香を焚き込めたような甘ったるい匂いに満ちていた。

あまり好きな匂いではない。頭がぼうっとして眠たくなるような気がした。こっそりと袖で鼻を覆い、小さく息をする。

「なんだか良い香りがしますねぇ、みつ様」

この異様な香りにも眉一つ変えず、秋水は、のほほんと老婆に話しかけた。

「これ、気安くみつ様などと呼ぶではない。わしはみつ様ではない。みつ様のお側に使えている身に過ぎぬのでの」

と、老婆は、羽毛よりも軽い口を叩く秋水を窘《たしな》めた。

「みつ様はご多忙であらせられる。今も信徒たちのために休みなく祈祷を行っておられる最中じゃ。しばしの間、ここで大人しく待っておれ。みつ様におぬしらの話をお伝えしてくるでの」

老婆は、秋水たちを六畳ほどの和室に通すと、そそくさと部屋を出て行った。

畏まって畳に手をついて礼を述べていた秋水は、襖が閉められた途端、姿勢を崩し、長い脚を畳に投げ出した。

「くっさ！」

袴の袖で鼻を押さえながら目尻に涙まで浮かべ、秋水はいくらか咳き込んだ。

「酷《ひど》い匂いですねぇ、御代田さん。僕は鼻が捥《も》げそうですよ。体臭のきつい醜女《しこめ》が気取って香を髪に薫き込めた時の頭皮みたいな匂いだ」

気取った醜女の頭皮を嗅いだ経験があるのかは知らないが、酷い例である。

「もう、こんなところ、一寸《ちょっと》だっていたくありませんよ。とりあえず、この部屋を出ましょう」

秋水は偉そうに告げると、襖をほんの少しだけ開き、廊下の様子を窺《うかが》った。

「おい、秋水。ここで待ってろって言われたんだ。待ってだほうが行ぐねぇべか」

落ち着きのない秋水に向かって、遼次は反論した。

せっかく老婆を言いくるめ、信用を得たのだ。勝手な行動で相手を怒らせる必要もあるまい。老婆が気を悪くしたら、これ以上の話は聞けなくなるかもしれない。

「わかっていませんねぇ。使用人で石ころの御代田さん」

秋水は小さく舌打ちした。縁起でも愛想を振りまく相手がいなくなった今、秋水の毒舌は絶好調だ。

「どうせ、あの婆は、しばらく帰っちゃ来ませんよ。話をつけてくるだのなんだの言ってましたが、この香の匂いをたっぷり我々に嗅がせるのが、本当の目的でしょうから」

「なんだって」

遼次は思わず眼を見張った。

「この香の匂い……。微《かす》かに気怠《けだる》く眠くなってくる気がしませんか。おそらく、思考力を鈍らせるのが、教団の狙いでしょう。長くいるべきではありません。芥子《けし》の練り込まれたお香かもしれません」

「芥子って、阿片《あへん》け！　あ、おい。こら、朝子、寝るでねぇべ」

舟を漕ぎ始めた朝子の肩を遼次は揺さぶった。

阿片と言えば、超大国の清をも破滅へ追い込んだ魔の薬である。確かに頭の奥が微かに靄《もや》がかって来るような気がする。身体が気怠《けだる》い。

掻巻《かいまき》があったら、包まりたい。遼次は、ふと浅草十二階の情婦の柔らかな肌を思い出した。秋水に扱き使われてから暇《いとま》がなく、すっかり足が遠のいているが、元気でやっているだろうか……。

事件が一段落したら、また、ゆっくり同衾《どうきん》したいものである……。

「御代田さんこそ、寝ぼけないで下さい！」

秋水の平手打ちをまともに食らい、眼に火花が散った。

「痛ぇべな……」

じーんと熱を持つ撃たれた頬を、遼次は痛みに耐えながら摩《さす》った。

だが、飛びかけていた意識がしゃんとする。浅草十二階へ意識を飛ばしているうちに、どうやら本当に眠りに落ちかけていたらしかった。

「まったく。次は、矢立に仕込んである刃で刺しますからね」

じとりと遼次を睨みつけて、秋水は囁いた。

矢立とは、筆と黒墨を合わせた携帯用の筆記用具である。秋水なら本気でやりかねぬ、むしろ躊躇《ためら》う姿のほうが想像し難いと思い、遼次は身震いした。

「さぁ、行きましょう」

秋水は、朝子の手を引いて部屋を出た。遼次も秋水の後に続く。

「して、どこさ行くんだ」

「決まっているじゃないですか。みつとかいう教祖の化けの皮を拝みに行くんですよ」

秋水は、にやりと笑った。

三

薄暗い廊下を忍び足で歩いていくと、大道場のような場所へ辿り着いた。遼次たち三人は、引き戸をほんの少しだけ開き、折り重なるようにして、こっそり中を覗いた。

道場内は床張で、薄暗い。黒い緞帳《どんちょう》のようなカーテンが降りていた。ほんのわずかな蝋燭《ろうそく》だけが、揺蕩《たゆた》っている。

中からは、もっと強い香の香りが漂って来て、遼次は思わず袖で鼻と口を覆った。

道場内では、真白い羽織を覆った大勢の人間たちが平伏《ひれふ》し、両の掌を擦《す》り合わせて熱心に拝んでいる。

信者たちが拝んでいる方向に、一人の袴姿の女がいた。白い着物に紅い袴はまるで巫女のようである。

背の低い、丸顔の女だった。遠目にも、少し年増のような気がする。艶のある長い黒髪が、背まで流れていた。

この女が、蓮門教の教祖の島村みつだろう。

みつは手に長い柄杓《ひしゃく》を持っていた。みつの横の台には、大きな甕《かめ》が置かれている。信者がみつの前に進み出ると、信者は平伏したまま、器を掲げた。

みつは、なにやら祝詞《のりと》のようなものを唱えると、甕から透明な液体を掬《すく》い上げ、掲げられた器にゆったりとした動作で注いでいく。

「なんの儀式だべ、こりゃぁ……」

遼次が小声で呟くと、

「あれが、蓮門教一番の売りである、ご神水ですよ」

秋水が耳打ちして応えた。

「ただの水のようにしか見えねえけんちょも……」

心酔《しんすい》した信者たちは、うっとりと恍惚の表情を浮かべている。神水を注がれた信者は、心底、嬉しそうな安堵の表情を浮かべている。

「これは噂に聞いた話ですが、なんでも蓮門教のご神水を口にすれば、どんな病も、たちどころに治るそうです。言葉巧みに操っては、ご神水を売って利益を得ているそうです。御代田さんが見た、相馬の殿様が無理やり飲まされていた水は、あの神水なのでしょう」

「どんな病も治るって……」

胡散臭《うさんくさ》く遼次は、みつの握る柄杓から零《こぼ》れ落ちる液体を見つめた。どこからどう見ても、ただの水にしか見えないが。

「相馬騒動の陰に潜んでいるのは、新興宗教。なんだか焦臭《きなくさ》い匂いがプンプンするなぁ。これは特ダネですよ、御代田さん。大スクープだ！　明日の見出しがいくらでも思いつくなぁ」

大好物の鼠を眼にした野良猫のように、秋水は眼を爛々《らんらん》と輝かせた。

「しかし、秋水さんよ。どんな病もいちころに治る水なんて、あると思うけ？」

「まさか」

秋水は小馬鹿にするように鼻で笑った。

「そんな水が存在したら、医者は、商売あがったりでしょう。あんなものは、インチキ、ただのまやかしですよ」

「しかし、ここの信者は、誰もが神水を信じているようだべした……」

大勢の人間が、水を注ぐ一人の巫女に平伏している様は、どこからどう見ても、異様な光景であった。

「御代田さん。人はどんな時に神様に縋《すが》りたいと思いますか？」

「どんな時って……。そりゃあ……」

遼次は口ごもった。得体の知れない宗教にでさえ、必死でしがみつきたくなる時。なりふり構わず、どんな手を使ってでも——なにかを守りたい時。八方塞がりの絶体絶命の危機に追い込まれた時、人は余裕を失い、冷静な判断力を失うのではないか。

やり直したくても、やり直せない過去を、遼次は思い出した。

あの時に帰りたくても、二度と戻れない。会いたい人には、二度と会えない。

今でも思い出すだけで、胸が焼け焦げそうになる。遼次は胸元を押さえた。

「……この手の新興宗教は、人の弱みに突っ込んで成長していくものです」

遼次の答えを待たずに、秋水は静かに語り始めた。

「虎狼痢《コレラ》に梅毒に天然痘に労咳《ろうがい》……。人は、いとも簡単に死んでいきます。医者からも匙《さじ》を投げられて、途方にくれた家族は、たとえ、嘘だったとしても、愛する者の命が尽きるまで、できる限りの可能性を模索《もさく》したいと足掻くものではないですか。それが、嘘で塗り固められた、ただの水だったとしてもね」

秋水の眼はどこか遠くを見つめているように見えた。或は、秋水もまた過去に大切な人を不治の病で亡くしたのかもしれなかった。

しかし、不治の病で身内を亡くす経験は、この時代、誰にでも起こりうる事実だ。決して珍しい話ではない。ごく有り触れた話に過ぎない。だからこそ、蓮門教は短期間で信者の数を伸ばして来たに違いなかった。

その時、カッとみつの眼が見開かれた。

「そこにおるのは、何者じゃ！」

みつは、切っ先を向けるように、柄杓を遼次たちに向けた。

「しまった、見つかったべ！」

浮足立ち、その場から逃げようとする遼次の首根っこを秋水は掴んだ。

秋水は立ち上がると、勢いよく戸を開け放った。

曲者《くせもの》の登場に、信者たちから悲鳴が上がる。

「あんれぇ、おめぇたち……！」

みつの横で傅《かしず》いていた老婆が、遼次たちの姿を眼にして仰天している。

「いやぁ、おらだずは、その……。怪しいものではねんべ。そ、その狐憑きの娘さ、払ってほしぐて……」

未だに嘘の設定を引き延ばし、あたふたと言い訳を始めた遼次を片手で制して、秋水は一歩さっと前に出た。

「お騒がせして申し訳ありません。蓮門教の皆さん！　我々は萬朝報社です！」

透き通ったよく通る声で、秋水は宣言した。

「お、おい！」

身元を明かして、どうするのだ。遼次はハラハラして心臓が止まりそうである。

大勢の視線を浴びすぎて、ひっくり返った朝子を、遼次はかろうじて抱き留めた。

「萬朝報……？」

「聞屋《ぶんや》が、何の用だ……？」

途端に、がやがやと道場は喧噪《けんそう》で溢れ出す。

「島村みつ様。渦中の相馬家に貴女はご神水を提供していた。そうですよね？」

直球である。だが、みつは否定しなかった。

「いかにも。相馬家の家中の者どもには、狐憑きの殿様を払って欲しいと頼まれていた。故に、わらわは、その者どもの願いを叶えただけじゃ。聞屋が騒ぐような犯罪は、なに一つしてはおらぬ」

素っ気なくみつは応えた。蛇のような冷たい眼が、秋水を見据えている。

「今日は宣戦布告に参りました」

秋水は、みつを見据え、にっこりと阿弥陀如来像のような笑みを浮かべた。

「我が萬朝報では、明日から全七回に渡り、淫祠《いんし》蓮門協会の特集を組ませて頂きます。どうぞ、ご期待下さいませ」

淫祠《いんし》という言葉を耳に入れた瞬間、みつの顔が強張《こわば》った。

「良いでしょう」

だが、みつは堂々とした所作で淑やかに応えた。

「その喧嘩、受けて立ちましょう。蓮門教は痛くも痒くもありません。ただし、嘘八百を書き連ね、信用が地に落ちるのは、そちらだと思いますけれど。オホホホ」

みつと秋水の間には、見えない火花が盛大に散っていた。

狐と狸の化かし合いが始まった、と遼次は思った。

四

かくして、戦いの火ぶたは切って落とされた。

明治二十七年二月二十二日、萬朝報の三面トップには、蓮門教を痛烈に批判する記事が躍った。

《淫祠蓮門教・一》

殊ニ明治以後信仰ノ自由ヲ誤リテ種々ナル淫祠諸方ニ起リ取リ分ケ利口モ馬鹿モ多キ東京ニハ主意モ知レズ本尊モワカラヌ不思議、奇怪ナル淫祠続々ト起リ愚夫愚婦ヲ惑ワシ風俗ヲ破リ徳義ヲ害スルコト少ナカラズ。

我々ハ深ク是レ等淫祠ノ悪ムベキヲ思ヒ時期アラバ其醜状ヲ発《アバ》来テ社会公益ノ一端ニ供セント欲スルヤ久シ而シテ其淫祠中最モ猖獗《しょうけつ》ヲ極メ最モ実害ヲ流スモノヲ問フニ人皆蓮門教ヲ以テ答エザル者ナシ。

筆誅を加えんと欲する秋水の筆は、実に乗りに乗っていた。御維新以降の文明開化で、信仰の自由が認められた。ところが、その自由を履き間違えて、淫祠《いんし》邪教がいかに増えたかと、秋水は嘆いている。淫祠《いんし》とは字面の如く、いかがわしい、胡散臭《うさんくさ》い祠《ほこら》を祀っているという意味である。

御維新前の淫祠《いんし》邪教は存在した。それは、基督教《きりすときょう》であったり、日蓮の不受不施派であったり、富士講であったり、幕府が公認せぬ宗教であった。

御維新後、膨れ上がった淫祠《いんし》邪教の中でも、もっともタチの悪い、実害のある宗教こそ蓮門教であると、秋水は名指しで糾弾《きゅうだん》したのであった。

秋水は、さらに蓮門教の最大の売りである御神水に踏み込んで触れ、御神水は文明開化の明治の御代で、いかに科学的根拠が乏しく、前時代的世迷言《よまいごと》で、無知な民衆を騙《だま》くらかし、あくどい金儲けをしているかを糾弾した。

いつのまに調べをつけたのか、教祖の島村みつに対しても、生まれは九州の小倉の農家の出であり、たいした学があるわけでもなく、教祖として、巫女として、実に胡散臭《うさんくさ》いかを説いた。教団幹部に祭り挙げられた、ただの意志のない操り人形か詐欺師であろう——と。

完全に蓮門教を敵に回した、ネガティブ・キャンペーンである。

蓮門教と渦中の相馬家の繋がりまで暴露《ばくろ》したゴシップは売れに売れ、萬朝報の売り上げの中でも記録的な売れ行きを上げた。

「しかし、こんだボロクソに書いて、大丈夫だべか」

萬朝報社の一室で、強気の一点張りで押し通す秋水の記事を幾度も眺めながら、逵次はおもむろに呟いた。

剣術に例えるならば、ひたすら刀を振り回し、我武者羅《がむしゃら》に押しに押しまくっている——そんな状況に思えて来る。

相手の反撃が見えて来ない以上、嵐の前の静けさというべきか、実に不気味である。

逵次は、目撃したばかりの、平伏《ひれふ》す大勢の信者たちと、教祖の島村みつの強い眼力を、思い出していた。

あれだけの規模を誇る教団が、このまま防戦一方で終わるとは、とても思えない。

糾弾《きゅうだん》記事を書くと宣言した秋水に対し、島村みつは慌てるそぶりも見せず、余裕綽々《よゆうしゃくしゃく》といった表情だった。逵次にしてみれば、不気味でならない。

「反撃する機会を窺《うかが》っているんでねぇべか……」

「なにを言っているんですか、御代田さん」

秋水は、原稿を書き殴る手を止めずに口を開いた。秋水は、明日の朝に載せる、蓮門教排斥キャンペーンの第二弾を、電光石火《でんこうせっか》、疾風迅雷《しっぷうじんらい》の如く執筆中なのである。

「相手が何をしてこようと、関係ありません。攻撃は最大の防御なり。我々は書いて書いて書きまくって、相手が反撃する隙も与えずに殴りつづけ、立ち上がる体力がなくなるまで、徹底的に嬲《なぶ》り続ければ、何一つ問題は起き得ないのですから！」

相も変わらず、満面の笑みで実に恐ろしい発言をする男である。

「ほら、御代田さんも、手を休めないでください！」

秋水に睨まれて、御代田は文机に向き直った。記事は大好評で、朝から蓮門教に関する投書や情報提供が相次いでいる状況だ。

明日以降の記事に盛り込まない手はないと、タレコミ情報を記事に纏め上げる仕事を、遼次も仰せつかっているのである。

「へいへい」

夜遅くまで記事を書き、仕上がったと思ったら次の記事に取り込んでいる。秋水の胆力《たんりょく》には恐れ入る。

若さの違いだろうか。昨日だって、原稿の追い込みで殆《ほとん》ど寝ていない。遼次はすっかり疲労《ひろう》困憊《こんぱい》で、眠気が溜まっている。

丸められた雑紙が飛礫《つぶて》と化して飛んでくるから、密《ひそか》に遼次は、欠伸《あくび》を噛み殺した。

と、その時、室内に荒々しく入って来た人物がいた。

つるりとした坊主頭に、がっしりとした体格。まるで僧兵を洋装させたような男である。

縁のない眼鏡の奥から覗く瞳が、きょろきょろと忙《せわ》しなく動き、なにやら焦っているようである。

——誰だ？

遼次は初めて見る顔だが、朝報社の誰一人として気に留めていないところを見ると、社内の人間なのであろう。

「いやあ、まいった、まいったよ！　一大事だ、幸徳君！」

ひどい濁声《だみごえ》で、男は秋水の許へ歩み寄る。真冬なのに、額から滲み出る汗を必死に手拭で拭っていた。

「また『巌窟王《がんくつおう》』の翻訳《ほんやく》が滞《とどこお》っているんじゃないでしょうね」

赤子の手を振り払うように、ぴしゃりと秋水は応えた。

男に背を向けたまま、秋水は文机に向かい、執筆を続けている。腱鞘炎《けんしょうえん》にならないのかと心配になるほどの仕事ぶりである。

「翻訳小説を目当てに、新聞を買う人もいるんですからね。休載すると苦情の嵐なんですから。死んでも原稿は上げて下さいよ」

男は秋水よりもずっと年上のはずだが、どんな相手に対しても、秋水は毒づく行為だけは忘れないようだ。

しかし、どうやら男は、萬朝報に翻訳小説を連載しているらしい。とすると、この男は坪内逍遥や尾崎紅葉のような有名な作家先生なのだろうか。

だが、そんな秋水の毒舌も意に介さず、男はひたすら喋り続ける。

「だが、幸徳君。聞いてくれたまえよ。やはり西洋の小説を大衆に根付かせるには、名前は大切だと思うわけだ。西洋の名前は、どうにも堅苦しい感じがしていけないね。え、君。エドモンドだのダングラールだのメルセデスだの、そんな馴染《なじ》みのない横文字ばかり覚えられるかい？　女か男かすりゃ、わかりゃしない。登場人物の顔の浮かんで来ない小説を読んだって、ちっとも面白くないもんだ。そこで、大衆が馴染みやすい名前を一つ、こさえるわけだが、どうにも、ずっとフランツ・デピネーの日本名が思いつかなくてね。このところずっと考えていたわけだ……。で、今朝、厠《かわや》に籠《こも》っている時に、ようやっと名案が思い付いたんだよ。気のいい若い男爵フランツ・デピネー。俺は、こう訳そうと思う。毛脛《けすね》安雄！　どうだい、いかにも気のいい男って感じだろう」

長い。どうでもいい話を、なんて長々とする男なのだ。

遼次が圧倒されている間、秋水は二度か三度、適当に相槌を打っただけであった。右から左に聞き流しているだけで、絶対に聞いていないに違いない。

「なぁ、君もそう思うだろう？」

「え！」

突然、話を振られて遼次は固まった。かくいう遼次だって、ろくすっぽ聞いていなかった。

「ええと……」

「社長。御代田さんが、『モンテ・クリスト伯』の原書など、どう間違っても、読んでいるわけないでしょう。この人の家にある書物は、せいぜい春画くらいなものですよ」

秋水がちっとも嬉しくもない助け船を出して来る。酷い言われようだ。春画しかない、などとは、実に心外である。

というよりも……待て。今、秋水は、とんでもない言葉を口にしなかったか。

「社長じゃと！」

ぎょっとして遼次は直立不動の姿勢で立ち上がった。今にも敬礼しそうなほどの勢いで背筋を伸ばす。

この蛸《たこ》入道のような人物こそ、萬朝報社を一から築き上げた礎《いしずえ》・黒岩涙香《るいこう》その人なのである。

「御代田遼次だべ。よろしくお願いしますだ」

遼次は、社長の涙香とは、初対面だった。声を上擦らせながら深々と頭を下げて挨拶をする。職にあぶれ、食うにも困る毎日だった遼次にとっては、社長など雲の上の存在のように思える。将軍や御大名や藩知事と同じ。

この男の鶴の一声で遼次の頸などいとも容易《たやす》く、中天高く飛んでいくに違いない。いわば生殺与奪《せいさつよだつ》を握る存在。遼次など、俎板《まないた》の鯉《こい》に等しい存在だ。

「まぁ、そう硬くなる必要は、ありませんよ、御代田さん。社長といっても、そんな偉い存在じゃありません。私はね、ここにいる全員を同志だと思っているのですよ」

涙香は、遼次の肩を軽くぽんっと叩いた。

「同志……ですか」

「優れた新聞を作るに必要なものは、なんだと思うかね、御代田君」

「ええと……特ダネだべか」

遼次は首を捻りながら応えた。

「なるほど、特ダネ。確かに、情報戦争を勝ち抜き、生き馬の眼を抜くが如く、他社を出し抜く行動も実に大切。だが、その行動を行うのも、また人だ。新聞社に必要なのは、優秀な記者だ。大衆の意見に惑わされず、独自の視点を持ち、正義の念を持って、社会の闇に筆誅という名の、メスを入れる。そんな名物記者こそが、社を大きくする」

経営者とは思えぬほど偉ぶる様子のまったくない真摯《しんし》さと、眼鏡の奥の澄んだ瞳に、遼次は次第に引き込まれていく。

「資本家に使われる人間は、どうしても、己の生活を案ずるあまり、小さくなりがちだ。だからこそ、私は皆に言いたい！　自由であれ、己の信ずる正義を突き進め、と！　正義は掲げるためだけの金科玉条《きんかぎょくじょう》ではない。行動してこその正義だ。であるからこそ、我々に上下はない。皆が皆、正義のために戦う同志であり戦士なのである」

　涙香は拳を握り、熱弁を振《ふる》った。

「憎まれ者でも良い！　角の取れていない者でも良い！　敵が多くとも良い！　優れた仕事をする人の敵は、実に多いものだ」

　ひとしきり演説を終えた涙香は、額にうっすらと汗を浮かべて、がっしりと強く遼次の掌を握った。

「いつの日か、萬朝報に御代田遼次あり、とその名の轟く辣腕《らつわん》記者を目指し、切磋琢磨《せっさたくま》してくれたまえ」

「はい」

　遼次は強く涙香の掌を握り返した。

　厚みのある体温の高い手だった。涙香の人差し指には、皮の硬いペンダコがついていた。来る日も来る日も、書いて書いて書いて、思いの丈を綴って来た人間の手だった。

　胸の奥が熱くなる。こんな気持ちになるのは、いったい何年ぶりだろうか。

　黒岩涙香とは、実に大した人物だと思った。間違いなく、文明開化の世を生きる新時代の人間だった。

　しらけた顔で、涙香の演説熱が収まるのを静かに待っていた秋水が口を挟んだ。

「それで、涙香先生。結局、一大事とは、なんだったのです。『巌窟王』の原稿がなかなか上がらず、締切ぎりぎりなのは、いつものことですから、先生にとっては一大事でもなんでもないでしょう」

いや、しかし、憎まれても良いという社風でも、憎まれ口を叩きすぎじゃないか――。自由奔放すぎる秋水に、いささか不安を覚える遼次であったが。

「は？」

「いや、秋水君！　聞き給え、『巌窟王』の原稿は間に合わずとも一向に構わなくなったのだ」

秋水の眉間に、無数の皺が刻まれた。

「我が萬朝報は、明日から当面、発行禁止処分となった」

真っ青になって涙香は告げる。

「――なっ！」

その場にいた社員一同が絶句する。

遼次は、秋水が白目を剥く様を、初めてみた。朝報社は、創立以来の存亡の危機に立たされていた。

第五章　憎マレッ子、世ニ憚ル

一

「暇じゃ〜……」

朝報社の一室で、遼次は筆を投げ出し、畳にごろんと転がった。

すでに発行禁止処分から三日が経ったが、一向に解除される気配はない。

新聞は、水物《みずもの》である。八百屋や魚屋と同じ。ネタの鮮度が何よりも重要なのである。

大衆はまだ報じられていない未知の情報にこそ食いつくのであり、他社が書き散らしたネタの二番煎じ、三番煎じを好き好んで読み漁《あさ》る者はいない。誰だって、出涸《でが》らしよりも新茶が良いものだ。

故に、発行禁止処分を喰らっても、記事を書き溜めておく行為はできない。書き溜めたとしても、時間の経過とともに、新事実が判明したり、現状が変わったりして、十中八九、書き直さねばならない。

故に朝報社の現状は、開店と同時に営業禁止処分を申付けられ、腐っていく魚を次々と捨てていく魚屋のようなものだった。

振り上げた刀をそのまま取り上げられたも同然な形になった秋水は、苦虫を噛み潰したような顔で、爪を噛みながら、しきりと部屋をうろうろしている。

ただ、じっと耐えて時を待つのは、苛々して我慢がならないらしい。

無茶な取材に駆けずり回り、寝る暇も惜しんで原稿を上げていた時は、溌剌《はつらつ》としていた顔もげっそりと窶《やつ》れて、眼の下には濃い隈《くま》が浮かんでいる。

秋水にとっては、仕事で駆けずり回っているよりも、手持ち無沙汰の状態のほうが耐え難いと見える。

「いつまでも発禁処分で、会社は大丈夫なんだべか……」

おもむろにぼそりと呟いた遼次の一言に、気分を逆撫《さかな》でされたのか、秋水は八つ当たりするように、きっと遼次を睨みつけた。

「大丈夫なわけないでしょう。二階に昇って梯子を外された鳶職《とびしょく》のようなものですよ、我々は！医者だって、薬代も払えない貧乏人ばかり相手をしていては潰れてしまいますよ。問屋もしかり。

新聞が売れないのに、お抱えの記者に給料を払っていたら、潰れるに決まっているでしょうが」

「それは困るべ」

遼次は、起き上がって姿勢を正した。

まだお試し雇用期間とはいえ、入社したばかりの遼次は、まだ一度も給金を貰っていない。このまま一向に発禁処分が解除されず、朝報社が潰れ、給金も貰えぬ事態となった暁には、家庭への打撃も深刻である。

なによりせっかく就職したのだ。また解雇となっては、情けなさ過ぎて朝子に合わせる顔もない。

「なんとかならねぇべか……」

遼次は腕を組んで考え込む。

「しかし、発禁処分の末に廃刊に追い込まれた新聞も、少なくありませんからねぇ」

さらりと秋水は恐ろしい事実を口走った。

明治の世は、頻繁に言論弾圧の行われた時代である。明治十三年の集会条例、さらに、十六年には、新聞紙条例が公布され、政府の匙加減《さじかげん》ひとつで発禁処分となり、経営不振となる新聞社が、跡を絶たなかった。

しかも、この新聞紙条例は、処分の理由が明確に提示されるわけでもなかった。ある日、突然、通告される。

府知事にお伺いを提出しようにも返事のあった例はなく、解除命令がいつ出るかもわからない、新聞社泣かせの代物だった。

いつ解除されるかわからないから、新聞社も記者を休ませるわけにはいかない。印刷工場も連日、待機させたままとなる。

新聞社にとっては、収入は途絶え、経費は嵩《かさ》む、地獄のような不安の日々が続くわけである。

「しっかし、なして急に……。蓮門教が手を回したんだべか」

蓮門教の記事を書いた翌日の発行禁止処分である。秋水がメンチを切った時の島村みつの、少しも慌てるそぶりのなかった反応といい、蓮門教が裏で糸を引いているとしか思えない。

「どうでしょうか。その前から散々、相馬家のお家騒動を批判する記事を載せていましたからね。相馬家から手が回ったのかもしれません……。しかし、こんなに早く、発行禁止処分を喰らうだなんて、夢にも思いませんでしたけど……」

秋水の細い声は、明らかに覇気《はき》が抜け、気落ちしているようだった。

「でもね、御代田さん。発禁処分とは、つまり、朝報社がそれだけ大衆に影響を与える新聞だと、世間に認められたようなものですよ」

「認められても、潰れちまったら、意味ねえべ」

遼次は、鼻を穿《ほじ》りながら応えた。このまま永遠に発禁処分が解除されなかったらと思うと、やるせない。熱意までが冷めて、身体から流れ落ちていくような気がする。

或《あるい》は、新聞紙条例とは、記者のやる気を削ぎ落すために存在するのかもしれない、と遼次は思った。

「なら、御代田さん。自説を曲げて、相馬家の正当性を認める記事を書きますか？　蓮門教は、迷える子羊たちを救う素晴らしい宗教だと書きますか？　ご神水の有効性を認める記事を書きますか？　きっとすぐに発行禁止処分は解けるでしょう。給金も無事に貰えて我々の暮らしは安定するでしょうねぇ」

秋水の声は、悪魔の囁きに似ていた。

「書きますか？」

ごくりと遼次は生唾を呑み込む。自説を曲げる行為は、簡単だ。権力者の望むがままの記事を書いてやればいい。だが……。

遼次は「嫌だ！」と即答した。金は欲しい。が、どんなに金を積まれても、金には代え難い代物があると確信した。

「その意気です。御代田遼次さん。萬朝報記者は、嫌われ者であるべし。たとえ炎天下に晒された蚯蚓《みみず》のように干からびても、己の信念を曲げはしませんよ！」

まるで経営者の黒岩涙香が乗り移ったかのように、秋水が拳を握り締めた刹那――。

「おい、秋水。お客さんだ。お前に話を聞いて欲しいと、直接ここを訪ねて来なすった」

先輩記者が、秋水を呼ぶ。

「……迷い猫探しなら、断ってくださいよ。ただでさえ、こっちは発禁処分で苛々しているんですよ」

つまらなそうに肩を窄めて秋水が答える。

「馬鹿。相手は、相馬家の召使を名乗っている。特ダネかもしれんぞ。会わんなら、俺がネタをまるっと引き継ぐが」

遼次は秋水と、思わず顔を見合わせた。

二

朝報社の応対室にいた女は、ひどく痩せており、顔色も悪かった。眼の下には、はっきりとわかる隈《くま》ができている。赤みがかった髪は縮れて、手入れが行き届いているようにはとても見えなかった。

「た、たた、助けてください!」

秋水を見るなり、女はしがみついて来る。女の怯えようは、尋常ではなかった。

女は手に、新聞を握り締めている。発禁処分になる前の、蓮門教への批判を掻き立てた萬朝報だった。

「このままでは、私も誠胤《ともたね》様も殺される……！」

女は興奮して捲《まく》し立てる。

「お嬢さん、落ち着いて。大丈夫。僕がついていますから」

秋水は、優しく女の手を、そっと握り、ふわりと笑った。秋水の笑顔は、鎮静剤の作用を齎《もたら》した。女は頬をぽうっと赤らめ、途端に大人しくなる。

遼次は、秋水の後ろに佇みながら、なんだか蓮門教よりもタチの悪い新興宗教でも眺めているような気分になった。

――お嬢さん。騙されてはいけねぇべ。そんの男は、仏のような顔をして、悪鬼羅刹《らせつ》の類だっぺ……。

遼次は、そっと耳打ちして諭したくなる衝動を、ぐっと堪えた。

「痛っ！」

遼次の考えなど手に取るようにわかるのか、思い切り脛《すね》を蹴られ、飛び上がった。

「ささ、お嬢さん。どうぞ、お座りになって。ほら、御代田さん。なにを、そんな邪魔なところに蹲《うずくま》っているのですか。埃《ほこり》と戯《たわむ》れる暇があったら、お嬢さんにお茶でもお出ししてください。

「大事なお客様なのですから」

雑巾で絞ったお茶でも出したろうかと、遼次は本気で秋水を呪いながら部屋を後にした。

しかし、茶を淹《い》れて戻った時には、女はかなり気持ちが落ち着いたらしい。

顔色も心なしか、幾分か落ち着いたように見える。

湯気の立つ温かい湯呑を差し出しながら、遼次はそれとなく女の人となりを観察した。

女は美人には程遠い、下膨《しもぶく》れの顔で鼻も低い。でも、ぽってりと厚い唇は可愛らしく、独特の愛嬌《あいきょう》のある顔をしていた。

なにより、歳が若い。手入れの行き届いていない髪と荒れた肌の世話を怠らなければ、それなりに見栄えのする女になるのではないか、などと、つらつら考えながら、遼次自らも茶を啜《すす》る。

少し薄すぎたか。

「御代田さん。こちらの女性は、東明繁《しげ》さんと仰《おっしゃ》って、相馬家の召使を、されていたそうです」

茶を一口そっと啜った女は、紹介を受けて遼次に小さく頭を下げた。

「ちなみに、お繁さんは現在、誠胤公の子供をご懐妊中だそうです」

さらりと投下された爆弾発言に、思わず、遼次は噎《む》せ返った。茶が気管に入った。

顔ばかりに眼が行っていたが、華奢《きゃしゃ》な身体のわりに確かに腹部がふっくらしているような気もする。とはいっても、指摘されたらわかる程度だ。まだ妊娠初期といっても過言はないだろう。

「げほえっほ。ええ……と、誠胤公は、癲狂院にずっと入院していたんじゃねぇべか？」

「はい。そうです。私は毎日ではありませんが、誠胤様が入院していた病室には定期的に訪れて、身体をお拭きして差し上げたり、洗濯物を取り換えたりしておりました。入院される前は、ずっと誠胤様は座敷牢に閉じ込められていて……。その時の世話をしていたのも、私でした」

世話をしているうちに、自然と情が沸き、繁は誠胤の手付きとなったらしい。

繁は、語り出すうちに胸に込み上げるものがあるのか、目尻にうっすらと涙を浮かべて訴えた。

そっと秋水が、白い手巾《ハンカチ》を手渡した。気障《きざ》な男である。

「誠胤様は、決して狂人などではござりませぬ。御命の身を守るため、狂ったふりをなされていたのです。狂っているのは、相馬家の者たちです」

繁は手巾を受け取ると、流れ落ちる涙を拭き、思い切り洟《はな》を噛んだ。潔癖症の秋水が、二度とその手巾を受け取る機会はあるまい、と遼次は思った。

「お繁さん。貴女は誠胤公は狂人ではないと仰る。その根拠は、なんですか？　睦言《むつごと》の中で、誠胤様が狂っているフリを演じているのだと、そう言ったのですか？」

「いいえ……。でも、眼を見たら、わかります。あの人は、昔も今も変わらずに、とても澄んだ瞳をしています。それに、癲狂院に入院する前……。座敷牢に入る前は、誠胤様はとても優秀な方だったんです。慶応義塾大学にも通ってらっしゃいました。座敷牢に入ってから、少しずつ口を閉ざすようになって……」

慶應義塾といえば、福沢諭吉が開いた私塾である。いくら子爵といえども、学問の努力なしでは入れぬ名門だ。

「座敷牢に入れられた原因は何だったんだべ？　優秀な学生が、おいそれと座敷牢に幽閉されるとは思えねぇけんちょも」

遼次が口を挟むと、繁は辛い過去を思い出すように小さく項垂《うなだ》れた。

「誠胤様が家僕を斬りつける事件があったんです。誠胤様が乱心された、と大騒ぎになって、座敷牢に幽閉されました。難しい話は、私にはわかりません。ですが、乱心などではなく、誠胤様には誠胤様なりの理由があったのではないかと、私は思います」

「貴女は先ほど、自分も誠胤公も、このままでは殺されると仰《おっしゃ》いましたね。どういう意味ですか？　そうまでして誠胤公を亡き者にしようと企んでいるのは、誰なのです？」

秋水が尋ねると、繁は掌の中の手巾を強く握り締めた。

「先代の側室の柳《りゅう》様です。柳様は、どうしても相馬家を、腹を痛めた我が子である順胤様に継がせたいのです。御維新前ならいざ知らず、足尾銅山の経営で巨万の富を得た相馬家の財産を、我が物にしたいのです。先代も正室だった奥様も亡くなり、邪魔なのは、もはや順胤様の異母兄弟であり、兄である誠胤様だけ……」

「なるほど。では、誠胤の子を宿した貴女も、柳殿にとっては邪魔なわけですね」

繁は小さく頷くと、ぽろぽろと涙を零《こぼ》しながら、愛おしそうに腹を撫でた。

「奥様は、私と誠胤様の仲を知っておりながら、絶対に認めようとはしてくれませせぬ。確かに身分違いの恋ではございますが……。私のお腹の子は、誠胤様の胤ではなく、邸内の書生と私通していたと、あらぬ噂を立てられ……それればかりか……」

なにか恐ろしい体験を思い出したのか、繁は己の身体を抱いて小刻みに震え出す。

「柳に命を狙われたのですね？」

励ますように、秋水は今一度しっかり繁の手を握った。幾度も繁は小さく頷いた。

「昨日、私は蓮門教のご神水を呑むように、薦められたのです。万病に効くご神水は、安産にも効き目があるからと……。私は悪阻《つわり》がひどくて、神水を呑まず置いておいたんです。そしたら、厠から帰って来たら、部屋で鼠が死んでいて……。きっと神水を呑んだんです……」

遼次の背中に、ぞっと悪寒が走った。なにも知らず神水を口にしていたら、繁は今頃お腹の子とともに死んでいたというのか。

毒殺――まるで噂話の類に聴く大奥の世界だ。

「誠胤様は、今は保護されて癲狂院に入院しておりますが、お体の調子も良く、明日には一時退院されると聞きました。このままでは、誠胤様が殺されてしまいます」

繁は必死に頭を下げた。

「どうか、どうか、助けて下さい！」

「わかりました」

秋水が即答する。繁の顔に、安堵の色が広がった。

「しかし、秋水さんよぉ。そっだら安請け合いして、大丈夫だべか。相手は御大名様だっぱい」

あんまりにも気軽いに安請け合いするものだから、遼次は心配になってくる。なんといっても殺人未遂事件が絡んでいるのだ。

「少しは、警察に相談したほうが……っ」

軽く肘で突くと、倍以上の力で肘打ちされた。

「貴方は本当に、度し難い底抜けの阿呆ですね。警察が頼りにならないからこそ、お繁さんは、私たちの許へ逃げ込んで来たんですよ。わかりませんか？」

警察、という言葉に、繁も頭を大きく左右に振った。

「警察は駄目です。警察にも、相馬家の金を貰った人が沢山います」

「錦織が未だに釈放されていない事実を鑑みれば、警察なんぞ糞喰らえというものです」

秋水の鼻息は荒い。

「しっかし、俺ら二人でどうやって……。新聞だって発禁処分がいつ解けるかわからねぇってのに……」

「まぁ、手はあります」

秋水は、ぽんっと柏手を打つと、妖艶な笑みを浮かべた。

「まずは狐憑きの殿様の眼を覚まさせるとしましょうか」

三

日も暮れると、お繁を相馬家へ帰すのは心配だと相成り、遼次の長屋へ連れて帰る次第となった。

「まぁ、いくら女誑《おんなたら》しの御代田さんと言えど、妊娠中の女性に手を出すほどのろくでなしではありませんから、安心して下さい」

月の明るい宵の口である。いつまでも追って来る月を背にして、遼次たち三人は帰路に就《つ》いていた。

「っていうか家には、朝子もいんだべした。いなくても、しねぇけんちょも」

秋水を睨《ね》めつけながら、遼次は反論した。黙って聞いていれば、遼次は野獣に仕立てあげられてしまう。

遼次にしたって、女なら誰でもいいわけではないし、四六時中ずっと発情しているわけでもない。はなはだ心外な話である。

お繁は、緊張の面持ちは解けぬものの、たとえ少数でも味方を得て、ほっとしたのだろう。心なしか、表情に安堵の色が浮かんでいる気がする。

朝子の作った味噌汁でも啜《すす》れば、より気が休まるだろう。

大名家に命を狙われているとなれば、さぞかし不安で心細いであろう。だが、お腹の児《やや》のためにも、せめて一時でも、ゆるりと身体を休めて欲しいものである。

しかし、鰥夫《やもめ》の生活が長かっただけに、手狭の襤褸《ぼろ》長屋に大名の落とし胤を宿した客人が訪れる日が来ようとは……感慨深いものがある。

「お繁さん。貴女から見た誠胤公という人は、どんな方ですか」

ふいに秋水が尋ねた。

「おい」

「良いじゃありませんか。僕らは狂人のフリをした誠胤公しかお会いした例がないのです。どのような人なのか、気になるでしょう?」

そう問われると、是非もない。遼次の記憶にある誠胤は、溶けたチョコレートに塗《まみ》れ、奇声を上げている異様な姿しかない。

そんな誠胤と目の前を俯いて歩く女が、恋仲であると問われると、なんとも奇妙な感じだ。

もし本当に誠胤が狂っているのだとすれば、関係が成立するとは思えない。

そもそも逵次たちは、駆け込み寺の如く逃げ込んできた女の話を一方的に聴き、信じたとはいえ、お繁の話が真実である保証など、どこにもない。闇雲に疑いたくはないが、相馬家の側室の柳が主張するように、書生と密通して孕《はら》んだ子を、さも誠胤公のご落胤《らくいん》であるかのように嘯《うそぶ》いているのかもしれない。

命懸けの賭けだが、認められれば、相馬家の莫大な遺産が我が子の懐《ふところ》に転がり込むかもしれない。こんなに美味《おい》しい話はないだろう。

「まさかとは思いますが、手籠めにされたわけではありませんよね？」

オブラートに言葉を包む行為を知らない秋水にズバリと問われ、お繁は左右に激しく首を振った。

「いいえ、手籠めだなんて、とんでもありません。私は、ずっと誠胤様に懸想《けそう》していたんですもの……」

繁は林檎《りんご》のように頬を赤く染めて、睫毛《まつげ》を揺らした。瞳の奥に、誠胤への憧憬と情愛が満ちている。

繁の瞳は、恋する娘の瞳だった。とても嘘をついているようには見えない。

「誠胤様は、本当はとても優秀で、お優しい方だったんです。私のような端女《はしため》にも、分け隔てなく、優しく接して下さって」

遠くの夜空を眺めながら、昔を懐かしむように繁は語った。

「私は幼い頃から相馬家の奉公へ上がりましたが、粗相をしでかして飯抜きになった日などは、誠胤様は、よくこっそりとお忍びでやってきては、塩むすびを分けてくださいました。そのむすびの美味しかったこと……。今でも忘れられません」

「とても優しい殿方だったのですね」

目尻を下げて、秋水が相槌を打つ。

「はい。先代の充胤様も、誠胤様をとても可愛がってらっしゃいまいました。自分がいなくなっても、誠胤様がいればなにも心配は要らないと、身体を悪くしてからは毎日、口癖のように仰っておりました」

「したっけ、どこで歯車が狂っちまったんだ……」

繁の回想の中の誠胤は、穏やかで優しい好青年だ。座敷牢や癲狂院《てんきょういん》とは、ひどく無縁の人物に思えてならない。

赤の他人が入れ替わったのではないかと訝しくなるほど、過去の誠胤と現在の誠胤は、似ても似つかない。

「誠胤様は、とてもお優しい方でしたが、その一方で、正しくあり過ぎたのかもしれません……」
微かに途切れるような声で、繁が呟いた時だった。
「御代田さん、大変です！　長屋が！」
秋水の大声に、はっとなる。
ようやく辿り着いた我が家は、壁中に落書きと張り紙が張り巡らされ、障子は破かれ、見るも無残な姿になっていた。
――裏切り者
――人殺し
――不忠者
――三春狐
「なんだ、これは……」
遼次は、茫然と立ち竦んだ。が、朝子の存在を思い出し、弾けるように長屋に飛び込んだ。
室内も大変な惨事となっていた。襖は破られ、皿は割れ、水甕は引っくり返り、衣服は切り裂かれている。
ちょっと空き巣が入った、などという状態ではない、圧倒的な悪意によって、部屋はズタズタに破壊されたといってよかった。

「朝子！　朝子は無事か！」

「お、おじさま〜〜〜」

一呼吸を置いて、掻巻《かいまき》を頭からすっぽりと被《かぶ》った朝子が、押し入れから這い出て来る。

「朝子！　怪我はねぇか？　なにも、されてねぇか？」

遼次は掻巻ごと姪を抱きしめてやる。遼次の問いかけに、朝子は大きく頷いた。掻巻の上からでも、華奢な身体が微かに震えているのがわかった。

「おじさま、怖かったです……」

顔は見えないが、声色から察するに、本当に怪我はないようで、胸を撫で下ろす。

「しっかし、こりゃあ酷《ひで》え有様だなぃ……」

今一度、惨憺《さんたん》たる部屋を見渡して、遼次は小さく息を吐いた。大型の地震が三度も襲来したと言われても思わず信じてしまいそうな、荒れ具合である。

土足で荒らし回ったのだろう。床板には土混じりの足跡が残っている。少なくとも一人ではない。いくつかの足跡が重なり合っている。

「ひょっとして、私のせいで……」

恐怖で顔を引き攣らせながら、繁が、ぽそりと呟いた。関係のない者を巻き込んだ自責《じせき》の念が顔に滲んでいる。

毒を飲ませて人一人《ひとひとり》を簡単に消し去ろうとしているのだ。長屋を荒らすくらい、造作もないように思える。

「お繁さんのせいではありませんよ。犯人は我々……というよりも、御代田さん個人を、一方的に責め立てたいようですから」

外にばら撒かれたビラを片手に眺めながら、秋水が室内に入って来る。

「なに？」

遼次は顔を上げて、茫然《ぼうぜん》と秋水を見た。

「人殺し、裏切者、不忠者、それに加えて、三春狐……」

ビラに掛かれた文字をゆっくりと秋水は読み上げる。そのひと言ひと言が、重い鈍器《どんき》で殴られるように遼次の頭を揺らした。

「御代田さんには、この言葉の意味が、痛いほどよくわかっているのではないですか？」

秋水の言葉は、鋭利な刃物となって、遼次の胸を貫いた。

遼次は俯《うつむ》いたまま、胸を掻き毟《むし》るように押さえた。心ノ臓が今にも飛び出しそうなほど、動悸《どうき》が激しくなる。頭が真っ白だった。

「ビラに書かれている言葉は、一見、相馬の殿様の事件と係わりがあるように思えるけれど、実際は、こちらにはいわれのない言葉ばかりだ。主君殺しだの不忠者だのと、散々に書き連ねて、相馬家を批判して来たのは萬朝報であって、こちらに投げつけられる言われはない」

　顔色一つ変えず、秋水は冷静沈着に告げて、手にしたビラを幾重にも破いて捨てた。

「まぁ、つまり連中は、こう言いたいのです。お前らのことは、こちらもまるっとお見通しだ、と。僕たちがどこの誰で、どんな人生を送って来たか、連中は調べ上げているのでしょう。その結果、人殺しだの不忠者だの言われる筋合いはないと彼奴《きゃつ》らはそう主張しているのです。なぜなら、お前は同じ穴の狢だ、と」

「お、おじさま……」

　遼次は、頭を掻き毟りながら、金切声を上げた。遠い昔に、深い井戸の底に沈め、蓋をしたはずの釣瓶《つるべ》が、ゆっくりと引きずり上がってくる恐怖。

　忘れていた過去。遠い昔に捨て去った記憶。いっそ狂ってしまいたい。何もかも忘れて狂えたら、どんなにいいだろう——。

「御代田さん、しっかりしてください！」

　襟首を掴んだ秋水に、強引にびしばし頬を張られて、遼次は静かに肩を落として項垂《うなだ》れた。抵抗する力も残っていない。

「……秋水。この仕事、降ろさせてくれ」

　震える声で、眼を伏せたまま、遼次は謂った。

「御代田さん。貴方、ここまで来て尾っぽを巻いて逃げ出すんですか」

秋水は、瞬き一つせず、強い視線で真っ直ぐ射抜くように遼次を見据えている。

「……連中の言う通りなんだべ。おらは、不忠者で人殺しで裏切者の三春狐だ。へへっ、連中と何一つ変わらねぇ、どうしようもねぇ、ろくでなしだ」

自嘲気味に遼次は、嗤《わら》った。

乾いた音が上がる。もう片方の頬を、秋水は何も言わずに張った。啌内《こうない》が切れたのか、うっすらと唾液に血の味が混じる。

「だったら、なんだというのです。御代田さんの過去なんて、今は一切、関係ないです。実にくだらない。興味すら沸きませんよ！　朝報社の理念を忘れたとは言わせませんよ。嫌われ者であれ――。萬朝報の記者は、嫌われ者でちょうど良《い》いんです。連中の言いなりになって、どうするんですか。このまま相馬の殿様やお繁さんが殺されても、いいんですか。黙ってただ指を啌《くわ》えて見ているんですか。それこそ、ただの腰抜けの臆病者の人殺しだ」

遼次を揺すりながら、秋水は弾の尽きぬ機関銃《ガトリングガン》のように捲《まく》し立てた。

「どんなに悔いても、どんなに嘆いても、戊辰の戦で死んでいった者たちは、二度と生き返らないんですよ！」

「お前に何がわかるっ」

かっと頭が沸騰する。気が付くと、遼次は秋水を殴り飛ばしていた。朝子の小さい悲鳴が聞こえた。

秋水は、血の混じった唾液を吐き捨てながら、起き上がる。切れた口端に滲む血を拭いながら、秋水は啖呵《たんか》を切った。

「ここで尾っぽを巻いて逃げるだなんて、お天道《てんとう》様が許しても、この僕が絶対に許さない！」

第六章　三春狐ノ滝桜

一

慶應四年、四月――。

まだ十歳になったばかりの御代田遼次は、葉桜の舞う庭で、素振りに励んでいた。
家は、先祖代々、三春《みはる》五万石、秋田家の祐筆《ゆうひつ》として仕えて来た家系だが、遼次は始めたばかりの剣術が無性に楽しかった。剣術稽古場の師匠にも筋がいいと褒められるし、育ちも早く、体格にも恵まれていた遼次は、領内の同世代に、敵はいなかった。

唯一、負けたのは、二か月前の交流試合で、二本松十万石、丹羽家の久保豊三郎少年に負けた一度きり。

豊三郎は、遼次より二つ年上だったが、一本を取られて悔しいという気持ちに変わりはなかった。一刻も早く雪辱《せつじょく》したい。その一心で、遼次は竹刀を振っていた。

剣術は、やればやるだけ己の腕が磨かれてゆくのがわかる。手の肉刺《まめ》が潰れ、血が滲んでも、遼次は少しも辛いとは思わなかった。

「精が出るのう」

背後から声が上がる。遼次は勢いよく振り向くと、声の主を視界に捉えた瞬間に破顔《はがん》した。

「兄上！　お帰りなさい」

「これこれ。武家の男児たるもの、そう簡単に笑顔を見せるものではない」

「はい！」

威勢よく遼次は、返事をする。

「よろしい」

遼次の兄、遼之介の大きくごつごつとした掌《てのひら》が、遼次の頭を撫でた。嬉しくて、遼次の顔にまた笑みが広がる。

兄を慕ってやまない遼次は、遼之介の前にいると、ついつい口許《くちもと》が綻《ほころ》んでしまう。仕方のない奴だと言わんばかりに、遼之介は苦笑した。

遼次は兄が大好きだった。すらりと背の高い兄は、文武両道で、学問所である明徳堂を優秀な成績で卒業した後も、江戸で長く学問に励んでいた。そのため、まだ二十一という若さでありながら、世情にも明るく、秋田家の重臣からも一目を置かれた存在だ。

「それにしても、随分と太刀捌《たちさば》きが様になってきたのう」

先ほどまでの素振りをこっそり覗き見していたらしい。しみじみと遼之介が独《ひと》り言《ご》ちると、遼次は嬉しくて堪らない。

「西軍が攻めて来た暁には、某《それがし》も剣を持って戦います故、一日たりとて稽古を休んだりはいたしませぬ」

威勢《いせい》よく、遼次は応じた。

鳥羽伏見の戦いで、幕軍が敗走し、十五代将軍の徳川慶喜が兵を置き去りにし、開陽丸に乗船して、江戸へ逃げ帰った話も、江戸城が無血開城された話も、上野に立て籠もっていた彰義隊がたった一日で敗走したという話も、江戸から遠く離れた三春領内の隅々まで届いており、もはや誰も知らぬ者はいない。

鳥羽伏見以降、江戸にいた兄の遼之介も呼び戻されて帰郷し、毎日、忙しそうにどこかへ出かけていく。

三春領主の秋田映季《あきすえ》はまだ十一歳の少年で、この未曾有《みぞう》の難局《なんきょく》を乗り切るためには多くの重臣たちの支えが必要である。

きっと兄は、日光街道を進んで奥州の入口、白河へ攻め入って来るであろう西軍との戦《いくさ》に備え、東奔西走《とうほんせいそう》しているのだろう。

秋田家は、奥羽越列藩同盟に加盟し、西軍の圧力には徹底抗戦する構えであった。

遼次は、戦となれば、一軍の将として、兄が采配《さいはい》を振るうのであろうと信じて疑わなかった。

遼次も兄の部隊に入り、兄の手足となって働きたい。西軍の逆賊を、この手で斬り捲《まく》ってやる。

自分がまだ年端《としは》もいかぬ子供である現実が、悔しくてならなかった。

「兄上。三春には、彰義隊の残党と、輪王寺宮殿下が逃げ込んで来たと聞きました。本当ですか？」

稽古場の少年たちの噂話を口にすると、なぜか遼之介は、ひどく戸惑うような顔をした。

「兄上？」

その時、垣根の向こうから一人の侍が顔を出した。

「おい、遼之介。帰って来たのなら、しばし面を貸してくれぬか」

眉の太い、濃い二重瞼《ふたえまぶた》の、目力のある男だった。

「河野……」

兄が男の名前を呼んだ時、遼次は、はっとして男の顔をまじまじと眺めた。

——この男が……。

三春五万石の小国といえども、一枚岩ではない。奥羽越列藩同盟に参加し、佐幕を旗に掲げている秋田家だが、領内は、新政府へ帰順《きじゅん》しようという討幕派が、そこかしこに息を潜めている。

河野広中《こうのひろなか》は、まさにその討幕派の筆頭として、工作活動を働いていると密《ひそ》かに噂されている者だった。

――なぜ、この男が、兄上に……。何用なのだ……。

漠然とした不安が、靄《もや》となって、遼次の胸に去来する。

二

時が経つとともに、奥羽越列藩同盟は膨れ上がっていった。しかし、芳《かんば》しくない戦況が続いていた。

新政府軍は、五月一日に激しい銃撃戦を展開させ、白河城を占拠した。

列藩同盟は幾度となく白河城奪還の兵を差し向けたが、いずれも奪還まで至らない。

補給の追いついていない新政府軍は、寡兵《かへい》ながらも、列藩同盟の猛攻を退けていた。

少数ながらも最新式の銃と装備が、江戸幕府の開闢《かいびゃく》以来ずっと変わらぬ軍備の大軍と、互角以上に渉り合っていた。

なにより膨れに膨れた列藩同盟には、圧倒的な求心力を持つ指導者がなく、様々な大名家の思惑《おもわく》が入り混じり、意志の統一に欠け、機動力も鈍かった。

どんなに数が多くても、攻撃の足並みは揃わず、各隊がバラバラに動き、個別撃破される日々が続いた。

一ヶ月以上が経った翌二十七日に、ようやく各大名家共同の大規模な奪還作戦が立ったが、やはり本質は変わらず、烏合《うごう》の衆と化した大規模攻撃は失敗した。

さらには、日光で伝習隊を主力とする歩兵奉行の大鳥圭介の隊を撃破した土佐山内家の兵が来援し、兵力が増強され、白河城奪還は絶望的となった。

しかし、手を拱《こまね》いているわけにもいかず、列藩同盟が連敗ばかりを重ね続けていた――七月十六日。

遼次にも、とうとう出陣の日がやって来た。

年齢の満たない遼次は、兄の遼之介に頼み込み、年齢を鯖読みし、遼之介が率いる三春秋田家の兵の一軍に紛れ込んだ。

敗戦に敗戦を重ねた列藩同盟の士気は低く、秋田兵も同様の有様であった。が、初陣《ういじん》の遼次は、興奮の真っ只中にいた。

ヤーゲル銃を持って、大人の足に従いていくだけでも大変である。が、気概だけは誰よりも強かった。新政府軍の蛮行の噂を聞き及んでいた遼次は、この身に代えても、三春領内に、新政府軍は入れるものかと息巻いていた。

秋田兵は、他の同盟軍と共に棚倉城奪還へ向けて進軍を進めていた。

白河城奪還戦の埒が明かず、旧幕軍は方針を転換し、矛先を棚倉へ向けたのだった。

——おかしい。

棚倉へ向けて、霧の立ち込める浅川方面へ進軍中、突如、秋田兵の一隊は方向を転換し、同盟軍とは別の進路を辿り始めた。

遼次は混乱した。周囲の兵に聴いても、秋田の隊のみが同盟軍から離れた理由を知る者はいなかった。敵を挟みうちにするつもりか。

「いや、この道を行っても、挟み撃ちにはならぬ、むしろ、これでは、撤退ではないか？　なぜ、撤退するのだ」

遼次一人が隊を脱するわけにもいかず、進軍を続けながら、気付けば、遼次は背中に、ぐっしょりと嫌な汗を掻いていた。

——兄上、同盟軍を見捨て、自軍のみ逃げるおつもりか。

兄の真意が読めず、遼次は歯軋《はぎし》りする。

遼次は隊の戦闘にいるであろう兄のところへ駆けていって、問い質したい衝動に駆られた。

——何を考えておられるのだ、兄上は……。

いや、今回に限らず、兄の思考が読めた機会など、なかったのではないか。遼次は焦燥《しょうそう》に駆られた。

遼次は今の今まで、兄は自分と同じ、佐幕であると信じて疑わなかった。本当に、そうだったのだろうか。

遼次は、時たま、垣間見せる、兄の戸惑うような顔が脳裏に浮かぶと、こびりついて離れなくなった。

ひょっとすると、自分は兄の本当の顔を何も知らないのではないか――。

と、その時である。

微かに轟音が鳴り響いた。秋田家の兵たちが響《どよ》めいている。方角は、秋田兵が引き返すまで向かっていた浅川方面だ。

新政府軍との戦闘が始まったに違いない。あのまま進軍していたら、秋田兵もまた戦闘の真っ只中にいたはずだ。

やがて浅川方面から濁流に飲まれた流木のように散り散りになった同盟軍の兵が逃げて来る。

「なにがあった」

遼次は、泥塗《どろまみ》れとなった仙台の伊達兵を捕まえて詰問した。浮足立った伊達兵は、眼を白黒させて答えた。

「後方から突然、銃声を浴びて総崩れじゃ」

「なんだと」

「三春じゃ！　三春の兵が撃ったのじゃ！　三春が裏切ったんじゃ」

叫びながら、別の兵が、顔面蒼白《がんめんそうはく》で逃げていく。

「なっ」

遼次は絶句した。

「そんな馬鹿な話があるか。三春は裏切ってなどおらぬ」

「じゃあ、なんで、こんなところにおるんじゃ。西軍の手引きをして、挟み撃ちにするとわかったから後退したんじゃろう！　裏切り者め！」

錯乱《さくらん》した伊達兵に斬り付けられそうになり、遼次は飛びのいた。

「三春が裏切った！」

逃げ惑う兵は、口ぐちに、悪しざまに三春を罵《ののし》った。

「裏切ってなどおらぬ！」

遼次は叫んだ。

──裏切ってなど……裏切ってなど……。

勝手に後方に兵を引き、更に味方であるはずの背後から銃撃があったとなれば、確かに疑われるのは秋田兵である。

だが……。秋田勢が兵を引いたのは、あまりにも時機が良すぎる。これでは、まるで、背後から襲撃があるのを知っていたようではないか。

——ひょっとして、兄上が……。

遼次は、はっとした。脳裏で、点と点が繋がった。

——兄上は知っていたのではないか。兄上は承知の上でわざと……。

銃を持つ手が震えた。秋田家は、奥羽越列藩同盟に加わりながら、更に新政府にも与《くみ》するという二重外交を行っていたのではないか。

奥羽越列藩同盟に加わり、秋田家中の多くを占める佐幕派の顔を立てながら、討幕派は陰で新政府と通じ、土壇場で掌《てのひら》を返す。一度でも地に落ちた信用は、決して二度と浮上しない。家中の佐幕派家臣団がどんなに騒ごうとも、列藩同盟に秋田家の居場所は、もう存在しない。秋田家は、この先どんなに蔑《さげす》まれ、石を投げられようとも、新政府へ帰順するしかない。

餅を描いたのは、河野広中と御代田遼之介の二人……。

兄が隠れて河野と密会を重ねていたのを、遼次は知っていた。

遼次は、ずっと、強硬手段に出かねない河野を諌めているのだ、と思っていた。だが、違った。

兄と河野は、共謀者だ。

「白河も棚倉も、もう駄目じゃ……。次は、会津じゃ……。会津は、火の海になるじゃろ……」

怪我を負っているのか、足を引きずりながら逃げていく老兵が、ぽつんと嘆く。

会津松平家は、京都守護職を拝命して以来、不逞《ふてい》浪士を問答無用で切り捨て、取り締まって来た。殺された多くは、長州の志士である。西軍には会津憎しの者も多いと聞く。

――三春は、この先、会津を攻めるのだろうか。

遼次は、暗澹《あんたん》たる気持ちになった。

三

七月二十日、磐城平四万石の安藤家軍を破って進んできた西軍と棚倉十万石の阿部家軍を占拠した西軍が合流した。次の進軍地は三春五万石の秋田領である。

近辺では、西軍と会津兵や奥羽越列藩同盟軍の戦闘は続いていたが、遼次たち秋田兵は、領内に帰参していた。

秋田家裏切りの報は、早くも奥羽諸大名の軍勢内を駆け巡っている。秋田領内も混乱し、揺れていた。

このまま領内で官軍を迎え撃ち、先日の汚名を晴らすと息巻いている者もいれば、秋田家は新政府軍へ帰順するものと信じて疑わぬ者もいる。

三春が戦場になると、女子供を領内から逃がす者もいた。

明日にも西軍が領内へ進軍して来ようとしている秋田家領内は、情報が錯綜《さくそう》し、浮足立っていた。

そんな折、領内を駆けずり回っていて多忙な遼之介が、夕刻、家に戻り、久方ぶりに顔を見せた。

「兄上！」

顔を見た途端、遼次はいてもたってもいられなくなる。兄の許へ駆け寄ると、問い糺《ただ》した。

「三春城が、無血開城するとは本当でございますか」

遼次の声は震えていた。新政府軍は会津へ攻め入り、会津松平家領内での戦闘は苛烈《かれつ》を極めているのに、秋田軍は一度の戦闘にも参加せず、領内で一発の砲も放つ機会なく、無血開城するのかと思うと、情けなさが込み上げて来る。

兄はひどく窶《やつ》れていた。充分な睡眠を摂る暇もないのか、眼は充血し、眼の下に濃い隈ができていた。頰はげっそりと痩《こ》けて、月代《さかやき》も乱れている。

精気のない眼で、鬱陶《うっとう》しい者でも見るように、遼之介は遼次を見下ろした。

「……お主は、いつ見ても、元気が有り余っておるのう」

「茶化すのは、おやめ下さりませ」

遼次は、遼之介を睨み据えた。遼之介は小さく嘆息する。その場の誤魔化しや戯言《ざれごと》では、遼次が納得せぬと悟ったのであろう。

「左様じゃ。明日、秋田主税《ちから》様が西軍の将、板垣退助を出迎え、帰順を申し出る手筈《てはず》となっておる」

秋田主税は、秋田家の家老で、城主の秋田映季の叔父である。

映季は幼少であり、秋田主税が実際の政《まつりごと》を盛り立てているといってよい。その主税自らが出向くとなれば、もはや無血開城は、秋田家の意向といって過言ではない。

「今は、一刻一刻が惜しい。悪いが、儂《わし》は、もう行くぞ」

遼之介はさっさと話を切り上げようと身を翻《ひるがえ》す。遼次は、膝の上に置いた己の拳がぶるぶると震え出し、止まらなくなった。

「兄上は、裏切り者の上に、腰抜けでござりますか！」

「……なに」

遼之介の足が止まった。

「なぜ、あの時、兄上は兵を引いたのですか。なぜ兄上は一戦も交えずに敵に下る選択を良しとできるのですか。兄は侍でありましょう。武士の矜持《きょうじ》は、ありませなんだか。腰に差した大刀は、ただの飾りに過ぎませせぬのか」

遼之介は、眼を伏せ、顔色一つ変えぬまま、無言だった。何一つ弁明をせぬ兄の姿に、余計に遼次は苛立つ。

「兄上は臆病者です。コメツキバッタのように頭を地面に擦り付け、命乞いをしているのとなんら変わりはないではござりませぬか。自分の命さえ助かれば、御公儀が潰れようと、会津や列藩同盟の兵がいくら死のうと、構わぬと、そう思っておられるのではないのですか」

遼之介は、眼を伏せたまま、ただ一言「……許せ」とだけ告げた。

「某《それがし》は戦いとうございます。戦って、侍として立派に死にとうございます。某《それがし》が会津へ行くことをお許しくださりませ」

「ならぬ！」

兄は一喝し、遼次の頬を強く張った。畳に崩れ落ちた遼次は、口惜しさに大粒の涙が零《こぼ》れては、頬を伝い落ちて行った。

「それだけは……ならぬ」

遼之介は、茫然と己の掌に視線を落としながら、言い聞かせるように小さく呟いた。

「……其方《そなた》はまだ若い。三春五万石が消えてなくなろうとも、武士の世がなくなろうとも、生きねばならぬ」

遼次は、畳の上で身体を小さく丸めて咽《むせ》び泣いた。

尊敬してやまぬ大好きだった兄が、奥羽越列藩同盟を裏切り、一戦も交える覚悟なく、無血開城へ向けて奔走していると思うと、やるせなかった。

そんな腑抜けの兄にすら太刀打ちできない非力な子供の己が情けなくて、どうにも、いたたまれなかった。

「……其方にも、いずれわかる時が来よう」

遼之介の声が降ってくる。それだけを告げると、遼之介は、部屋を出て行った。

最後に聴いた声は、いつもの優しい穏やかな兄の声音に戻っていた。

四

遼之介の首吊り死体が発見されたのは、明治二年の四月だった。

御代田家に一報が入るや、遼次は家を飛び出して駆けた。

三春城を無血開城して新政府へ恭順《きょうじゅん》して以来、遼之介の行方は杳《よう》として知れなかった。便りは一切なく、領内の佐幕派の恨みを一身に追った遼之介は、どこかへ潜んでいるとも、新政府軍に加わり、各地を転戦し、箱館へ行ったのだとも、伝えられていた。

「兄上！」

人垣を掻き分けて、遼之介は約一年ぶりに兄との対面を果たした。

突風が吹き抜けると同時に、桜の花びらが狂うように舞った。

樹齢八百年を超える三春の滝桜の枝に、遼之介は縄を括り、首を吊っていた。

その名の通り、滝のように流れ落ちるが如く咲き狂う薄紅の枝花が、遼之介の身体を隠していた。

不自然に宙に浮き、だらりと力の抜けた兄の身体を一目見ると、遼次は言葉を失った。

人違いであってほしいと願ってやまなかった首吊り死体は、血の気の失せた浮腫《むく》んだ顔をしていたが、確かに兄だった。

風が吹くたびに、兄の身体は小さく揺れた。

「兄上……どうして……」

声にもならぬ声を呟いた時、滝桜を遠目から眺めていた野次馬の一人が、亡骸へ向かい小石を投げつけた。

小石は兄に当たり、遼之介の身体は小さく揺れ、薄紅色の桜が散った。

あまりにも酷い仕打ちに、遼次は茫然として民衆を眺めた。

「こいつのせいで三春は、裏切り者になったんだべ」

また一人、群衆の中から兄の亡骸《なきがら》へ石を投げた。

「儂らが後ろ指さされながら生きていくんは、こいつのせいだ」

礫《つぶて》が飛んで行く。また一つ、また一つ――。石は兄の身体には当たらず、見当違いの方向へ飛んで行くものもあれば、兄の額や胸に強く打ち当たるものもあった。

「こいつは、人殺しだ」

礫が当たるたびに、兄の身体は小さく揺れ、花弁が舞った。

遼次が駆け付けて来るまでの間、兄を地面に下ろしてくれる者もなく、兄はただ野晒《のざら》しのまま、遺体になった後も、人の憎しみを受け続けている。

「……兄上……、兄上……」

見るのも聞くのも堪えられず、遼次はただ両の耳を塞いで、蹲《うずくま》るしかなかった。

——いずれ、其方にもわかる時が来る。

最期に耳にした兄の物憂《ものう》げな声が脳裏に蘇る。遼次は小さく頭を振った。

「兄上……。やはり某には、わかりませぬ……」

群衆は礫《つぶて》を投げ続けていた。

第七章　秋水、陰陽師

一

「御代田さん、起きて下さい。行きますよ」

秋水に乱暴に足蹴《あしげ》にされて、遼次は眼を覚ました。荒らされたまま片付けきらない長屋の片隅で、掻巻《かいまき》に包《くる》まって、いつの間にか眠っていたらしい。

後光が差すように、背に朝日を浴びた秋水は眩《まぶ》しかった。

「行ぐって、どこさ……」

遼次は気怠《けだる》さを、どうにか堪えて起き上がる。欠伸《あくび》を噛み殺して、散切《ざんぎ》り頭を掻き上げた。まるで深酒をしたように頭が重かった。

自分でも忘れかけていた古い夢を見たのは、昨日、唐突《とうとつ》に突きつけられたビラが起因《きいん》となっているに違いない。

「何を馬鹿暢気《のんき》に寝ぼけているんですか。相馬家に乗り込みに行くに、決まっているでしょう！」

相馬家と聞いた途端、意識が覚醒《かくせい》する。御一新前に飛んでいた己の魂が、明治の御代に帰って来た気がした。

「……いったい、どうやって」

のこのこ真っ正面から訪ねて行ったところで、相馬家の連中が、聞屋《ぶんや》を相手にするとは思えない。ましてや萬朝報は、相馬家の醜聞《しゅうぶん》を掻き立てている新聞なのだから。

しかし、秋水は少しも揺るがぬ自信を持っているようで、うっすらと口角を持ち上げて妖艶《ようえん》に微笑《ほほえ》んだだけだった。

「とりあえず、知恵なしの御代田さんは、何もしなくていいですから、これを持って来て下さい」

目の前にドスンと積み上げられたのは、いつぞやの殿様誘拐事件の折にも持たされた、三本ベルト締めの行李鞄《こうりかばん》だった。

「相馬家につくまで、絶対に開けてはいけませんよ」

と、悪戯《いたずら》っ子のように秋水は片目を閉じて笑った。

「誰が、性悪《しょうわる》の貴様の荷物なんか、勝手に開けるか」

中身など、どうでもいいから、行李鞄《こうりかばん》ごと放り捨ててやりたい気分である。

「では、お繁さんも参りましょう。こんな荒れ果てた豚小屋のような汚い場所にいつまでもいては、胎教《たいきょう》に悪い」

秋水は、火鉢に手を翳《かざ》して暖を摂っていた繁にも出発を促した。心許《こころもと》ない一夜だったのか、顔色はあまり優れぬようだが、繁はしっかりと頷いた。

「悪かったな、豚小屋で」

いつ毒を盛られるともわからない魑魅魍魎《ちみもうりょう》の巣食う大奥のような相馬家よりは、幾分かマシだろうに。

「あ、あと朝子さん」

「ひっ」

突然、名を呼ばれて、繁の陰で火鉢に当たっていた朝子は、慌てふためいた。今ではすっかり馴染みとなった深笊《ふかざる》を被《かぶ》った。度を越えた人見知りは、どうしても治らぬようである。

「貴女も、私の助手として一緒に来てください」

いったい何をさせるつもりか。蓮門教で散々な目に遭ったばかりの姪っ子を、再び騒動に巻き込むのは気が引ける。

遼次が口を挟もうとした時――朝子は小さな雛《ひな》が喉を震わせるように小さく応えた。

「はい……。旦那様がそう仰《おっしゃ》るのであれば……」

「だ、旦那様？」

遼次は耳を疑ったが、秋水までもが不思議そうに眼を瞬かせている。

「だって、旦那様は先日、私のことを嫁と仰《おっしゃ》ってくれたではありませぬか……」

深笊の外からでも、朝子がほんのりと頬を赤らめているのがわかった。

どうやら、先日、蓮門教へ潜入捜査するために演じた仮面夫婦を、朝子は本当の求婚だと思い込んでいるようだった。

或は、あの日の異様な空気に中《あて》られたのかもしれない。

秋水も、想定外の出来事らしく、珍しくぽかんとしている。

「眼を覚ませ、朝子！」

遼次は朝子の肩を思い切り揺さぶった。よしんば、仮に、この男と夫婦になったとする。相手は、人間の皮を被った阿修羅《あしゅら》である。天上天下唯我独尊《てんじょうてんげゆいがどくそん》を地で行く男である。

幸せな未来が、一向に見えて来ない。

だいたい、上司であるだけでも最悪なのに、この上、血縁関係まで結びたくはない。

「この男だけは、絶対やめておけ」

「酷《ひど》い言いようですね、御代田さん」

秋水は、笑顔を絶やさずに遼次の肩を強く叩いた。

「嫁でも亀でも鶴でも、とりあえず役に立つなら、なんでもいいですよ。とにかく時間がもったいない。こうしている間にも相馬の殿様は殺されてしまうかもしれないんですからね。さっさと出かけましょう」

秋水は颯爽《さっそう》と長屋を出て行く。親鳥についていく雛のように、朝子も秋水の後を追っていく——。

一体全体、こんな纏《まと》まりのない面々で、相馬の殿様を本当に救えるのだろうか……。遼次は頭を抱えた。

遼次の杞憂《きゆう》は絶えない。

二

富み百万と称されるほどの相馬家の本邸は、麹町《こうじまち》の衆議院の正門前にある。

どこまでも続く塀に、瓦屋根のどっしりとした門構え。盛大な庭には、松の木が悠然と生え、池には石橋まで架けられている。

貧乏生活が骨まで滲みついている遼次には、優雅に泳いでいる池の錦鯉までもが、自分よりずっと高貴な存在に思えてくるから不思議である。

「まるで大名屋敷だないゃ……」

あまりの壮大さに、遼次は呆気にとられている。

「だって、御大名ですからね。まぁ、御代田さんにとっては一生ずーっと縁のなさそうなお屋敷ですけれど……」

と、秋水が茶化す。その秋水の出で立ちは、烏帽子《えぼし》を被《かぶ》り、真白い狩衣《かりぎぬ》に紺の袴《はかま》といった、まるで源氏物語から飛び出したような姿である。

朝子にいたっては、白衣に緋袴《ひばかま》で、虚無僧《こむそう》のような深笊《ふかざる》さえ被っていなければ。神社の巫女といった立ち姿である。

ちなみに、この衣装は、遼次が持たされた行李鞄の中に入っており、二人は屋敷に着く直前に着替えたのだった。

「いったい何の真似だ、お前……」

「見てわかりませんか。陰陽師《おんみょうじ》ですよ」

秋水は、余る袖を握って、くるっと回って見せた。

馬子にも衣装ともいうべきか、色白で眉目秀麗《びもくしゅうれい》な秋水に、狩衣は、よく似合っていた。ふと俯《うつむ》いて陰りのある表情を浮かべると、まさに憂いを帯びた光源氏のようである。

「しっかし、なんでまた陰陽師なんかに……」

「陰陽師なんか、とは、なんですか」

秋水は、手にしていた笏《しゃく》で、遼次の蟀谷《こめかみ》をぴしゃりと叩いた。地味に痛い。

「相馬の殿様の狐憑きを落とすのです。形から入るのは、とても大切なことですよ」

「だいたいお前、陰陽師の真似事なんか、できるのか」

秋水が自前でこんな衣装を持っていた事実も驚きであるが——今回は除霊を名目に相馬家に乗り込むのだ。蓮門教本部に乗り込んだ時のように、入信希望者を装い、受け身でいれば良いわけではない。下手を打てば、即座に抓《つま》み出されるであろう。

「実は、僕には、こう見えても、陰陽師の血が流れているんですすよ」

あっけらかんとした調子で、秋水は得意げに胸を張った。

「嘘こけ」

「心外ですね。嘘など、ついていませんよ。幸徳家は、現在では、土佐で酒造と薬種業を営んでおりますが、本来は幸徳井《かでい》という姓で、京から流れ落ちた陰陽道の家柄なのですよ」

頬を膨らませて、秋水は応えた。

「それに、以前も言いましたが、僕は結構、勘が鋭いんです。母も、勘が鋭くてね。人の寿命が、なんとなくわかったりするんです。血筋だと思いますよ」

うっすらと嗤《わら》う秋水を見て、遼次はぞっと背筋が粟立つのを感じた。

口から出任せに乗せられているだけかもしれないが、ただの嘘では片付けられない雰囲気を、秋水は醸し出している。

ひょっとすると——衣装を自前しているところから見ても、秋水は過去にも陰陽師として何かを祓《はら》った経験があるのかもしれない。

本邸から、家僕を伴って現れたのは、品の良い、しかし、どこか冷淡な面影の大年増である。

「お繁、これは、なんの騒ぎですか」

「お柳様」

繁は怯える小鹿のように肩を震わせた。

どうやらこの奥方が、騒動の元凶、我が子可愛さに誠胤公を狂人に仕立て上げた側室の柳らしい。

柳は、秋水や遼次たち、本来ならば相馬家の邸宅にいるはずのない異物を、あたかも値踏みするように眺めている。

「この怪しげな者たちは、一体全体なんなのです、お繁」

癇《かん》に障《さわ》る金切声で、柳は責め立てた。

「これはこれは、奥方様。御挨拶が遅れまして、申し訳ありません。私は、陰陽師、幸徳秋水と申します。この者たちは、我が式神と、ただの下僕です」

繁が口を割る前に、ついと一歩前に出た秋水は、営業用の微笑みを満面に浮かべて、頭を垂れた。

秋水の紹介に拠れば、朝子が式神であり、遼次はただの下僕らしい。

なんだか納得はいかないが、度重《たびかさ》なれば、もはや突っ込む気力も失せる。

「ハッ！　陰陽師など、笑止。誰も頼んでおらぬぞえ」

柳は、手にした扇で口許を隠しながら、嘲《あざけ》り笑うように応えた。

「ええ。ですが、こちらのお繁様からご相談を頂き、お力になれるものと思った次第でございますから」

あくまでも低姿勢で、秋水は微笑みかける。

だが、柳の眉は秋水が口を挟むほど吊り上がるように見え、当然といえば当然ながら、秋水に気を許す気は更々なさそうである。

閉じた扇子で繁を指し、柳は汚らわしいものでも見るように吐き捨てた。

「お繁。お前は、もう誠胤の側室にでもなった気でいるのかえ。どこぞの胤とも知らぬ子を孕んで、厚かましいにも、ほどがある！　身の程を知りなさい」

「お柳様……。私は、そんなつもりでは……」

蚊の鳴くような声で繁は呟き、耳の裏まで真っ赤になって俯《うつむ》いた。目尻にいっぱい涙を溜めて、今にも泣き出しそうである。

「まぁまぁ、奥方様。良いではありませんか。お繁さんも悪気があったわけではないのですよ。

誠胤様に少しでも良くなって頂きたい一心なのです。その気持ちは、奥方様も同じでござりましょう？」

「ハッ……、当然ではないか。誠胤には充分な治療を施し支えて来たつもりじゃ。陰陽師の祈祷など、文明開化の御代に、片腹痛いわ」

「なるほど。ですが、奥方様は、誠胤公に蓮門教の御神水を与えるとお聞きしましたが。可笑《おか》しいですなぁ。御神水は、文明開化の世に果たして相応《ふさわ》しい代物《しろもの》なのでしょうか」

柳の眼が微かに泳ぐ。その隙を見逃すような秋水ではない。

「なにがいいたいのじゃ……」

「いえ。効き目などわからなくとも、大切な人を救える可能性が少しでもあるとすれば、縋《すが》りたくなるのが人情というもの。蓮門教の戸を叩いた奥方様の気持ちがわからぬほど、我々も無粋《ぶすい》ではありません」

秋水が諭すように云うと、柳は大げさに頷いてみせた。柳も、ご神水に関しては、後ろ暗く感じる部分があるのか、触れてほしくないようだ。

「そ、そうじゃ。妾《わらわ》は少しでも誠胤が良くなればと思えばこそ……」

「では、私にも、誠胤様の狐を祓わせていただけませぬか。決して、後悔はさせません。いえ、むしろ奥方様のためを思って、私は申し上げているのですよ。蓮門教だけとならば、奥方様と蓮門教の繋がりをなにかと邪推《じゃすい》する者もおりましょうが、私のような存在も挟めば、誠胤公を想う奥方様の気持ちに偽りはない証《あかし》にもなりましょう」

有無を言わさぬ調子で流暢に語る秋水に、遼次は、はらはらし通しで、胃が痛くなってくる。笑顔だけは絶やさぬが、秋水の言動は明らかに柳を挑発している。

「そもじは妾《わらわ》を脅すつもりかえ？」

扇子で口許を隠しながら、柳は睨《ね》めつけるように秋水を眺め見る。

「いいえ。あくまでもご提案を申し上げているのですよ」

穏やかに、秋水は応えた。

「まぁ、良いじゃろう。そこまで言うのならば、やってみるが良い。ただし……」

どうやら、叩き出されずに済みそうだ。遼次が胃を撫で下ろしたのも、束の間。

「誠胤の狐が祓えなかった暁には、其方《そのほう》らどうなるか、わかっておろうの？」

ジロリと蛇に睨まれた蛙のように、遼次は固まった。

秋水は阿呆のようにただただ微笑を浮かべているだけで、腹の底では何を考えているのか、さっぱりわからない。朝子はやりとりの意味がわからなかったのか、きょとんとしているだけである。

——明日には簀巻《すま》きにされて、大川端か品川沖あたりに浮いているかもしれねぇべ……。

遼次の心配は、絶えない。

三

遼次たちは屋敷の中へ通された。広い和室に通される。障子張りで、庭の池が見渡せる部屋だった。

誠胤が連れて来られるまで、遼次たちは正座で待機する。

「おい、秋水。大丈夫なんだっぺな」

すっと背筋を伸ばし、落ち着いた様子の秋水に念を押すように耳打ちする。逃げるなら今しかないと、遼次は思った。

「ははは。御代田さんは心配性だなあ」

まるで茶飲み友達でも待つかのように、秋水は穏やかである。

「笑っている場合か。失敗したら、どうなるか……」

冷たい柳の眼差しを思い出して、遼次は背筋を震わせた。生殺与奪《せいさつよだつ》の権限を、柳に握られている気がした。

「あそこまで啖呵《たんか》を切ったんだ。なにか作戦とか勝算があるんだろうな」

遼次の耳打ちに、心底、驚いたように秋水は眼を瞬いた。

「あるわけないでしょ」

「ねぇのかよ！」

思わず大きな声を出した刹那、障子戸が開いた。遼次は、秋水をド突き回したい衝動を堪《こら》えて、口を噤《つぐ》み、姿勢を正した。

隣に座っていた繁が息を呑む。誠胤は両腕と腰を紐で結ばれて、まるで犯罪者でも連行するかのように伴われて来た。

上座に座り込んだ誠胤は、小さく口を開け、天井の滲みをただ茫然と眺めたまま、遼次にも秋水にも、繁でさえも、一瞥もくれなかった。

遼次は、久々に対面する誠胤を眺めて、生唾を呑み込んだ。

逃走中に見た時よりも、誠胤は壮絶さを極めていた。頬はげっそりと痩《こ》け、手足は細く、まるで枯れ木のようである。

眼は落ち窪み、眠れていないのか、眼の下は隈に覆われて浅黒く、眼光には意志が全く感じられなかった。

時折、涎《よだれ》が、口端から零《こぼ》れ落ちていく。時たま、天井に向かって、言葉にもならぬ奇声を上げる。

どこからどう見ても尋常ではないし、保護された今のほうがずっと窶《やつ》れ、病みついているように見えた。

――これで、本当に癲狂院は、一時退院を許したってえのか。

ずっと座敷牢に閉じ込められているよりも、病院のベッドの上で寝たきりのほうが幾らかマシであろう。なにがなんでも誠胤を抹殺しようとする相馬家の意志が伝わって来て、遼次は悍《おぞ》ましさに鳥肌が立った。

最後に柳が部屋に入って来ると、絶叫に似た奇声を上げ、誠胤は暴れ逃げ出そうとする。家僕が三人がかりで、誠胤は頬に痕が残るほど激しく畳に押さえつけられた。誠胤は暴れ続けている。

見ていられないとばかりに、繁は俯き、両手で顔を覆い、小さく頭を振った。

「ホホホ。今日も元気が宜《よろ》しいこと」

視界の端に誠胤を捉え、小さな笑みを浮かべた柳は、誠胤から最も距離のある位置に落ち着き、座布団に腰を下ろした。

「さて。陰陽師、秋水とやら。そもじの腕を、見せて頂きましょうか」

にんまりと笑みを浮かべて、柳が促す。秋水は小さく頭を下げて、厳かに立ち上がった。

はらはらしながら、遼次は秋水の一挙手一投足を眺めた。見守る以外、この場において、遼次のできる仕事は、なにもなかった。

作戦も勝算もないと断言した秋水だが、動作は落ち着き払っているように見え、遼次は小さく安堵の吐息を漏らした。

秋水の腰には鈴が一つ結びついている。秋水が摺り足で前に進むたびに、鈴の音が室内に響いた。

シャン、シャン、シャン、シャン、シャン――――。

誠胤の瞳が、秋水を捕えた。

秋水は、小さく誠胤に会釈をし、微笑みかけた。

「これより、貴方様の中に巣食った狐を、祓わせて頂きます」

室内に静寂が訪れる。

秋水は印を結び、厳《おごそ》かに祝詞《のりと》を唱え始めた。

第八章　狐憑之殿様

一

明治十年――。

相馬誠胤は紋付羽織袴の正装で、桜の舞い散る庭を感慨深く眺めていた。

本日は、誠胤の婚礼の日である。嫁は、華族である戸田家の令嬢、戸田凪子《なぎこ》だ。親同士の決めた結婚であったが、見合いの席で向かい合った凪子《なぎこ》は、誠胤が息を呑むほど淑《しと》やかで、美しい娘だった。

うっすらと紅色に染めた頬を傾けて、おっとりと言葉を紡ぐ凪子の姿は、まるで微風に揺れる鈴蘭のようだ。

結婚などまだ時期尚早であると、初めは乗り気でなかった誠胤が、二つ返事で快諾したほどだった。

凪子と対面して以来、誠胤はこの婚礼を実に楽しみにしていた。

――学びたいことも、まだ沢山ある。西洋にも、留学してみたい……。だが、嫁取りを済ませた後は、まずは家内の風紀を正し、相馬家の当主としての威厳を示さねばならぬ。

春風に吹かれながら、誠胤は背筋を伸ばし、改めて己を律する手綱を引き締めた。

誠胤は、学問に優れ、福沢諭吉の主宰する慶應義塾に進学していた。勉学は楽しいが、勉学だけに勤《いそ》しんではいられぬ事情が、あった。

御一新以降、多くの大名が没落していく中、小大名に過ぎなかった相馬家は、足尾銅山の経営に成功し、富百万を得た。だが、その収支の辻褄《つじつま》が合わない点に、優秀な誠胤は、ただ一人、偶然にも気付いてしまった。

何者かが相馬家の偽造印鑑を密に作り、裏金を作っている――。

誰もができる仕事ではない。こんな不埒《ふらち》な芸当《げいとう》ができるのは、相馬家の内部に精通し、それなりの地位を築いている者である。

誠胤は、家令である志賀直道《しがなおみち》と御家従頭取の青田剛三を疑っていた。

――早く二人の悪事の証拠を掴み道を正さねば、相馬家の未来も危うい……。

先代が急な病で亡くなり、当主の座に就いて日も浅い。相馬家は、志賀と青田の二人の働きで

回っているといっても過言ではない。二人の悪事を暴《あば》き出すために信用に足る家臣が、誠胤には
まだ存在しないのもまた悩みの種だった。

「誠胤様……」

襖の向こうから、家令である志賀直道《しがなおみち》の声がした。

「花嫁様の支度が整いましてございます」

「うむ」

返事をして、誠胤は立ち上がる。

そっと襖が開く。

角隠しに白無垢を身に纏った娘が、膝前に手を八の字に置き、深くお辞儀をした。

「誠胤様。不束者《ふつつかもの》ではございますが、末永くよろしくお願い致します」

花嫁衣裳は、さぞや凪子に似合っているであろう。そう思うと、誠胤は早く凪子の顔が見たい
衝動に駆られた。

「顔を上げてくださらぬか」

高鳴る胸の動悸を感じながら、誠胤は尋ねた。

「はい」

愛らしい声で娘は返事をし、そっと顔を上げる。その顔を一瞥して、誠胤は絶句した。

「……其方《そなた》は何者じゃ」

誠胤を見つめ、にっこりと微笑んだ女は、見合いの席で誠胤が対面した娘ではなかった。瓜子とは比べものにならない、未曾有《みぞう》かつ空前絶後《くうぜんぜつご》の醜女《しこめ》である。酷《ひど》い痘痕《あばた》面で、鼻は潰れた団子のようで、眼は小さく瞼は腫れぼったい一重である。唇を閉じていても、歯並びの悪い黄ばんだ歯が覗いていた。

誠胤の問いかけに、女は不思議そうに小首を傾げている。

「瓜子をどこへやったのだ」

志賀直道《しがなおみち》に尋ねると、直道も眉を顰《ひそ》めている。

「仰る意味がわかりかねます。瓜子様は目の前にいらっしゃるではありませんか……」

「違う！　見合いの席にいた女と別人じゃ」

反論を試みても、直道は、ただただ訝しむ視線を誠胤に送ってくるばかりである。

「見合いをしたのは私でございます。私の顔をお忘れになられたのですか……」

しまいには、白無垢を来た醜女は俯き、わっと泣き出す始末である。

「知らぬ！　儂は知らぬ！」

何事かと家中の者たちも集まって来る。

家中の者たちの視線を一斉に浴びた誠胤は、ぞっとして顔を背《そむ》けた。直道と同様に誰もが己を責めているような気がした。

二

夜も更け、寝所へ帰って来た誠胤は、褥の上にぐったりと身体を横たえた。

身体は疲労困憊《ひろうこんぱい》しているが、やけに眼は冴えていた。いっそのこと眠れるものならば、なにもかも忘れて深い眠りに落ちてしまいたい。だが、身体は許してはくれなかった。

——悪い夢ならば、醒めてくれ。

誠胤の悪夢は一向に醒める気配がなかった。時間が経てば経つほど、この悪夢は鮮明さと凶悪さを増していく気がした。

誠胤の抵抗も空しく、婚礼の儀は恙《つつが》なく執り行われた。

抵抗を試みれば試みるほど、親族にも家中の者たちにも白い眼で睨まれ、立つ瀬のなくなった誠胤は、最後のほうは、濁流に浮かぶ流木のようにただ流されるまま身を任せるしかなかった。

人生で最大の幸福を迎えるはずだった婚儀は、人生で最大最悪な一日となった。

——なぜ誰も、儂の言葉を信用せぬのだ……。

摩訶不思議であるのは、家中の誰一人として誠胤の肩を持ってはくれない点だった。

見合いで席を共にしているはずの仲人や凪子の親族までも、一切の異論を唱えぬどころか、二人の婚儀を涙ながらに喜んでいた。

凪子は醜い娘は入れ替わっていても、凪子の親族は入れ替わってはいない。次々と祝辞を述べる仲人や凪子の親族の顔ぶれを思い出すだけで、ぞっとする。婚儀を思い出すだけで、吐き気のする思いだった。

――あの醜い女は、いったい何者なのだ……。

花嫁が入れ替わるなど、醜女の一存で決行できるとはとても思えぬ。誰かが裏で手を引いているはずで、更に大勢の人間が口裏を合わせている、という事態になる。

本当にそんな芸当が、できるものなのだろうか。家中の者たちは、金を握らせれば意のままに操れるかもしれないが、仲人や花嫁の親族まで抱き込めるとは、とうてい思えない。

花嫁の親族は、娘の幸せを一番に願うはずだ。どこの馬の骨ともわからぬ醜女と輿入れの決まった娘を入れ替える理由がない。

――それとも、本当にあの醜女が凪子なのか？

ふっと脳裏に沸いた思考に、誠胤は愕然とした。

――儂が……おかしいのか？

見合いの席の美しい凪子と、婚礼の日に現れた醜い凪子が同一人物であったと仮定するならば、誠胤ただ一人がとち狂って騒いでいただけとなる。周囲の冷めた視線にも納得がいく。

どちらが現実的かは、火を見るより明らかではないのか。

――違う。儂は、どこもおかしくなどない。狂ってなどおらぬ。

混乱し、頭を抱えたその時――褥に何者かが潜り込んで来る気配を感じ、誠胤は身を縮ませた。

背中に生暖かい体温を感じる。醜女の瓜子が褥に身体を滑り込ませ、身体を摺り寄せて来た。

あっと悲鳴を上げそうになるのを、誠胤はぐっと呑み込んだ。

豊満な胸が背中に押し当たっていた。誠胤の握り締めた掌はじっと汗ばみ、額に脂汗が滲む。

「……旦那様。どうか……抱いてくださりませ」

蚊のなくような声で、醜女は云った。

誠胤はただ背を向けたまま、押し黙った。なんと声を発したらいいかわからない。ただ得体のしれぬ恐怖だけが全身に行き渡り、うまく身体が動かない。とても閨を共にするなどできそうになかった。

「旦那様……」

尚も強請《ねだ》るように、醜女は甘ったるい声を出し、足を絡ませて来る。

ぞっと悪寒が走った。誠胤が黙っているのを良いことに、醜女は調子に乗って、誠胤の下腹部に手を這わせて来る。溜まりかねて、誠胤は醜女のぶよぶよした手首を握った。

「……お前は本当に見合いの席にいた凪子なのか」

虚勢を張ったつもりが、誠胤の声は微かに震えた。

「はい。旦那様はずっと恥ずかしそうに俯いてらっしゃいましたゆえ、私の顔など忘れてしまわれたのも、詮無いかもしれせぬ……。されど、旦那様は、あの席で楽しそうに学問の話など、してくださってではありませぬか……」

見合いの席で、どんな言葉を交わしたのかも醜女は知っていた。美しい凪子だけが知っているはずの些細な会話も、醜い凪子は記憶している……。

――やはり、本当の凪子なのか。

頭の中が真っ白になる。進退の窮まった誠胤は、もはやどうとでもなれという心境で寝返りを打ち、女を抱き寄せた。

仄暗い部屋の中でうっすらと浮かび上がる女の顔は、やはり醜かった。

とても唇を吸って愛撫する気にはなれず、誠胤は顔が見えぬよう女を強引に四つん這いにさせ、襦袢を剥ぎ取って臀部を剥き出しにした。

美しい凪子に抱いていた甘美な恋心は砕け散って、やさぐれた擦れた気持ちが、誠胤の中に広がっていく。

いったい凪子が醜いからといって、どうしたというのだろう。

婚礼の儀は、済んでしまった。大勢の人間に祝福され、もはや、やり直す機会は二度と訪れぬであろう。美しい瓜子が何者で今どこにいるのか見当もつかぬ。

第一、相馬家の当主たる己が、嫁の顔が醜いからといって、いつまでも騒ぎ立てるわけにはいかぬ。

明治の世になったとはいえ、武家が、顔の美醜によって嫁取りをするものではない。徳川の代が続いていれば、一度も顔の見た例《ためし》のない姫が嫁いで来るのは珍しい話ではなく、むしろ当たり前の慣わしだ。

家柄は申し分なく、顔が醜いからと一晩で離縁すれば、瓜子の実家も腸の煮えくり返る思いがするに違いない。

誠胤は強引に勃たせた己自身を、女の陰部に押し当てようとした。

観念した誠胤の姿に、女は歓喜に震え、小さな吐息を漏らす。

だが――。

陰部を探っていた誠胤は、はたと固まった。肛門は、すぐ見つかった。ところが、あるはずの位置に見当たらぬものがある。

醜女の瓜子は、どこを弄《いじく》っても、陰部に挿入口は存在しなかった。

もう、限界だった。

誠胤は女を突き飛ばすと絶叫し、部屋を飛び出した。

三

「何事でございますか」

誠胤の叫び声にいち早く駆け付けたのは、御家従頭取の青田剛三だった。家中の家僕を取り纏めている剛三は、住み込みで働いているため、非常事態には真っ先に駆けつける。

剛三は、背も高く肩幅が張って体格が良いため、用心棒のような役割も兼ねていた。

「あの女は、なんだ！　化け物ではないか！」

斬髪を掻き見出しながら、誠胤は叫んだ。寝間着は肌蹴て、半裸であった。

「落ち着いてください、誠胤様」

「儂に触るでない！」

剛三の毛深く太い腕を振り払い、誠胤は逃げるように人気のない和室に転がり込んだ。

ただ一つ、わかった事柄がある。

凪子の件は、仕組まれたものだ。すり替えられた嫁が、醜女であるばかりか、生殖器がないなど――家中のどこかに誠胤を陥れようとする者があるとしか思えぬ。

「誠胤様」

剛三は執拗に、誠胤の跡を追って来る。剛三の巨体は、迫って来るだけで、圧倒的な威圧感があった。

「近寄るな！」

咄嗟に身の危険を感じた誠胤は、床の間に飾られていた日本刀に飛びついた。誰も信用ならなかった。

誠胤を陥れようとする者は、きっと相馬家の裏金造りの犯人に相違いない。裏金を流しているものの存在に誠胤が気付き、突き止めようとしている事態を、その男はいち早く察知し、誠胤を当主の座から引きずり下ろそうとしているのだ。

いや、引きずり下ろすなど、生易《なまやさ》しい。家中に、誠胤の信頼を失墜させ、消し去ろうとしている者がいる。

年は召していたが、父であった先代の当主はいつも矍鑠《かくしゃく》としていた。突然の病でこの世を去ったのも、今にして思えば、裏金の存在に父が気付いたからかもしれなかった。

「ご乱心なさいましたか、誠胤様。落ち着いて。どうかその刀をお離ください」

「ええい、儂にそれ以上、近寄るでない！」

誠胤は、鯉口を切り、抜刀した。抜き身の刃に眼を血走らせた誠胤の姿が映っていた。

「あの女を儂に娶《めと》らせたのは、貴様の仕業かっ」

怒声を上げ、誠胤は剛三を睨みつけた。

薄暗い闇夜の中、月の光に照らされて、剛三の顔には戸惑いが広がっていく。身体は大きいが、そこまで悪知恵が働くようには思えぬ。

裏で家令の志賀直道あたりが手引きしているのかもしれぬ。或は、側室の柳が大きく噛んでいるのやもしれぬ。

世継ぎの生まれぬまま誠胤が死ねば、次期当主に収まるのは、側室の柳の子、順胤だ。

誠胤の婚礼を何がなんでもぶち壊したいのは、柳ではないか。醜女の、生殖器のない女を宛がうよう画策したのが柳であるとすれば、納得もいく。

「答えよ、剛三」

「仰《おっしゃ》る意味がわかりませぬ……」

再三に亘《わた》って問い詰めても、剛三は顔を青ざめて首を振るばかりである。

「なんの騒ぎかえ」

闇夜に現れた闖入者は、柳だった。

半裸で抜き身の刃をぶら下げた誠胤の姿を、一目ちらりと見て、柳は、狐のような眼を細めて侮蔑《ぶべつ》するように嘲笑の笑みを浮かべた。

その刹那に、誠胤は、背後で糸を引いていたのは柳であったと確信した。

「おのれ！」

誠胤は、刀を振り上げた。

四

目が覚めた時、誠胤は己がどこにいるのかわからなかった。薄暗い闇の中で、ぼんやりと目に映る格子戸を眺めていた。

雨漏りの露が、強かに頬を打つ。あまりの冷たさに、意識は急速に覚醒し、誠胤は飛び起きた。身体の節々が痛む。激しい頭痛がし、誠胤は蟀谷《こめかみ》を押さえた。

――儂は、どうなったのだ……。

柳を斬りつけようとしたところまでは、鮮明に覚えている。だが、その後どうなったのか、まったく記憶が抜け落ちていた。柳を斬り倒したのか、止められたのか、柳がどうなったのかさえ、まったく思い出せぬ。

現状を把握しようと誠胤は、周囲を見渡した。どうやら誠胤は、相馬家の地下に造られた座敷牢に転がされていたようだった。

室内は、薄暗く、今が昼なのか夜なのか、判断がつかなかった。耳を澄ますと、微《かす》かに雨音が聞こえて来る。外では雨が降っているらしい。

格子戸には、南京錠が掛けられている。己の意志での脱出は難しそうだった。己が軟禁されている現実に、誠胤は茫然自失となった。

「誠胤様……」

唐突に声を掛けられて、誠胤はぎょっと飛び上がった。格子戸の外にぼんやりと白い顔が浮かんでいる。まだあどけない年頃の小娘が立っていた。

「お主は……」

「繁と申します。誠胤様にお食事をお持ちするようにと……」

娘が手にしている盆の上には、小さな椀が載っており、微かに湯気が立っていた。思えば、確かに腹が減っている。誠胤は格子越しに、娘から椀を受け取った。

椀の中には、薄い粥《かゆ》が入っている。胃に流し込むように、誠胤は勢い良く粥を啜《すす》った。ほんのり暖かな粥を口に含んで初めて、誠胤は己の身体が思っていた以上にずっと冷え切っていたと気付かされた。

娘は、どこにも行かず、粥を啜る誠胤を、黒目勝ちの眸で、じーっと眺めている。

「おい、娘。儂は、なぜこのような場所におらねばならんのだ」

年端もない娘を問い詰めるような質問をしても致し方ないとわかってはいても、誠胤は聞かずにはいられない。知りたい事柄が、山ほどある。なにより、薄暗い地下牢でずっと一人にされると思うと、心許《こころもと》なかった。

「お柳様が、誠胤様はご乱心を召され、決して外に出してはならぬと……」

「すると、柳は生きておるのじゃな。怪我をしておるのか？」

小娘は小さく頭を振った。

「お柳様はお元気でございます。なれど、お柳様を庇った青田様が酷《ひど》い怪我をなされたと聞きました……」

「剛三が……」

うっすらと記憶が蘇って来る。

そうだ。誠胤は、柳を斬りつけたものの、柳を庇った剛三に太刀を浴びせるはめとなり、血みどろになった剛三と取っ組み合いの乱闘となった。挙げ句、駆け付けた家人たちに、取り押さえられた。

「娘。儂は乱心などしておらぬ。おかしいのは皆共じゃ。ここから出してくれ」

だが、娘は首を縦には振らなかった。

「誠胤様を出しては、死人が出ると、お柳様が……。なにがあっても決して出してはならぬと

「……」

娘は、眉を下げて心の底から申し訳なさそうに告げた。

ちょこんとお辞儀をし、階段を昇り、出て行こうとする。小さな影は、あっという間に姿を消した。

「待て！」

誠胤は格子にしがみつき、次第に小さくなる跫音《あしおと》に向かって叫んだ。

「出してくれ！　儂は乱心してなどおらぬ！　出せ！」

誠胤の叫びは、室内に谺《こだま》して消えていき、後には冷めた雨音だけが残った。

五

蝉の大合唱が響き渡る夏。誠胤は、座敷牢の薄畳にじっと横たわっていた。座敷牢は茹《う》だるような暑さで、まさに灼熱《しゃくねつ》地獄だった。滝のような汗が流れていく。

食欲は湧かず、数日前に繁が運んで来た芋粥は手つかず残り、微かな異臭が鼻に突く。水分の飛んだ芋粥から虫が湧き、黒い羽虫が誠胤の顔に止まっては飛んで行く。

座敷牢の隅には板を外せば憚《はばか》り用の壺が用意されてはいたが、起き上がる気力も失せ、垂れ流し状態となっていた。尿は、夏場はすぐに渇くが、異臭だけは残った。

葉桜の舞う季節に座敷牢に閉じ込められて以来、五度目の夏だった。誠胤は一度も牢の外に出ていなかった。

世話役の繁も、毎日は通って来ず、二日か三日に一度、食事と水を運び入れる程度であった。その食事の量も微々たるもので、誠胤はどんどん痩せ細っていく。

頬は痩け、眼は落ち窪み、眼光は鋭くなった。栄養失調で、肋骨は浮き出ているのに、腹ばかりが突き出るようになった。

雲脂《フケ》と虱に悩まされ、頭皮を掻き毟《むし》るうちに、毛は抜けて、やがて白髪ばかりになった。水甕《みずがめ》にうっすらと映って見える己の姿は、まるで山姥《やまんば》のようだ。

空腹も辛いが、何よりも仄暗い座敷牢で手持無沙汰で話し相手もいない状況が辛かった。せめて数冊の書物があれば、どれほど慰みになったか知れない。

刃傷《にんじょう》沙汰があったとはいえ、誠胤は当主である。

座敷牢に入れられた当初は、騒動も落ち着き、ほとぼりが醒めれば、出られるだろうと思っていた。

だが、側室の柳をはじめ、家令である志賀も御家従頭取の青田も、一度たりとも地下牢へ降りて来る機会はなかった。

入牢当初は、矍鑠《かくしゃく》としていた誠胤だが、次第に心も乱れていく。

格子戸にしがみついて幾度も出してくれと泣き叫び、懇願した。跫音《あしおと》が聞こえるたびに、助けを求めて絶叫し、暴れた。幾度も椀を壁に叩きつけ、水瓶を割った。格子戸にしがみつくあまり、爪が剥がれ、夥《おびただ》しい血が衣服と畳を汚した夜もあった。何日も口の利かぬ日々が続く。

孤独に蝕まれ、心は病み、誠胤は気が狂いそうだった。いっそ狂ってしまえば、どんなに楽になるだろうか……。

幾度、死のうと思ったかわからない。ただ、誠胤には、舌を噛み切る力も残っていないだけだった。

――ここから出してくれ……。誰か……、誰か……。

誰でもいい。幽閉された我が身を助けてくれるのならば――。

だが、誠胤がどんなに泣こうが喚《わめ》こうが、地下牢へ降りて来る者はいなかった。

或る夜、当主が忽然と姿を消しても、相馬家の日常は、歯車になんの狂いもなく廻ってゆくものらしい。家人たちはいずれも、誠胤という当主がいた事実さえ、忘れ去ったのではないか――。

次第に、誠胤は、二日か三日に一度の割合で降りて来る繁を心待ちにするようになった。繁だけが、外の世界へと繋がっている。

繁は、当初は恐ろしがって食事の椀を渡すのも恐ろしがって距離を置いていた。だが、今では格子越しに、水に浸した手拭で誠胤の身体を拭ってくれるようになっていた。

情が通い、打ち解ければ、性根の優しい娘で、幽閉されたまま忘れ去られたように朽ち果てている誠胤をひどく憐れんでくれていた。

粗末な食事しか与えられぬ誠胤を憐れみ、繁は自分の食事を抜いて誠胤の分に回したり、自分の少ない給金から食糧や菓子を買い求めて、こっそりと付け届けてくれていた。

なにより、繁は、長い年月を経て、蛹から羽化する蝶のように、大人の娘へ成長を遂げようとしていた。繁の玉のようにきめ細かい肌や、愛くるしい笑顔は、なによりも眩《まぶし》いものに見えた。

——お繁……、お繁……。

近頃は、意識が朦朧《もうろう》とする日々が続く。長い間、泥のように眠り込み、ほんの束の間、意識が浮上すると、誠胤は格子戸の外の繁の姿を追い求めている。

誠胤は、見合いの席であった美しい瓜子の面影すら、最早《もはや》ろくに思い出せなくなっていた。脳裏に浮かぶのは、ただただ繁の純真無垢な笑顔だった。

六

「誠胤様……誠胤様……っ」

手の甲にうっすらと生温かいものを感じて、誠胤はそっと瞼を開けた。

いつから、その場にいたのだろうか。格子の向こうで、繁が誠胤の手を握り締めて忍び泣いていた。

繁の頬を夜露のような雫《しずく》が伝っていき、血管が浮き出た頬に落ちる。

日が落ちたのだろう。眩《まばゆ》いばかりのお天道様も静かな宵の月も眼にしなくなって久しいが、蒸し風呂のようだった座敷牢の熱気も幾分か落ち着き、だいぶ過ごしやすくなっていた。

「どうした、お繁」

誠胤は掠《かす》れた声で、そっと繁の頬に触れた。目尻の雫《しずく》をそっと指先で拭ってやる。

「もう、眼を覚まさぬかと思いました……」

嗚咽《おえつ》を零《こぼ》しながら、繁は眼を真っ赤にして泣いた。

朽ちた老木のように家中の誰からも忘れられた己のために思って泣いてくれる者があると思うと、誠胤はきつく胸が締め付けられた。繁の零す涙は、どんな宝石よりも美しいと思った。

——嗚呼《ああ》……。

誠胤は、地獄の淵で極楽浄土《ごくらくじょうど》を見た。繁がいれば幸せだった。この娘の笑顔に、今までどれだけ救われて来ただろう。

「其方《そなた》を残して死んだりはせぬ」

痛む喉から声を絞り出して、誠胤は告げた。

お繁を掻き抱きたくても、格子が邪魔をする。目の前にいるはずの繁との距離は、永遠に縮まらないものに思えた。

本当はいつ死んでも良かった。箸で喉を突いても、帯で首を縊っても死ねただろう。

だが、自ら命を絶つ真似はしなかった。繁がいたからだ。繁がいなければ、ここまで踏ん張れなかった。

「そうでございます。約束を破ったら、嫌です」

繁は泣き腫らした眼を手の甲で擦り、無理に笑ってみせた。

「いつか一緒に世界一周旅行をしようと誠胤様は仰って下さったじゃありませんか。欧州では、夫婦はいつも一緒に腕を組んで街を歩き、舞踏会で一緒に踊るのでしょう？」

「そうであった……。約束したな……」

手持無沙汰の慰みに、誠胤は幾度も自分の知る限りの物語を繁に語って聞かせた。幼い頃から好奇心が旺盛だった繁は、いつも誠胤に荒唐無稽《こうとうむけい》な物語を強請《ねだ》ったものだった。

繁は、幾千もの物語を聞いて育った。とりわけ、繁が面白がって一番喜んだのは、一緒に世界を旅行する物語だった。幼い頃に語った話まで、繁はよく覚えている。

「そうでございます。亜米利加《アメリカ》へも連れて行って下さると約束しました。カリフォルニアで一緒に金を掘ろうと約束したじゃありませんか」

「そうであったな……」

どこか遠くを見つめながら、誠胤は相槌を打った。

「エジプトのスフィンクスで一緒に写真を撮る約束も、まだ果たしておりませぬ……」

欧州へ留学し、学問をするのが、誠胤の夢だった。聞き囓《かじ》った欧州の話を、面白おかしく脚色して繁に聴かせる行為は、ずっと楽しかった。

次は繁にどんな話を聴かせようか……。そんな他愛のない空想を考えるだけで、ほんの束の間、孤独を忘れられた。

「……なぁ、お繁」

誠胤は繁の白い手を強く握り締めたまま、ふっとこの先の未来を思った。繁はますます女盛りの美しい娘になっていくであろう。

であるのに対して、この己は——。蜘蛛《くも》の糸に絡め取られたまま、一思いに嬲《なぶ》り殺される機会もなく、永遠に身動きがとれぬ。

「儂《わし》は、儂が怖い」

「誠胤様……」

不安そうに、繁は下がり眉を寄せた。

「なんだか少しずつ、己が己でなくなっていっている気がするのだ……」

この頃、ずっと感じていた違和感を、誠胤は吐露した。

孤独の闇を彷徨《さまよ》っている間、自分の中で、もう一つの己が生まれて来るような感覚。自分ではない何かが、自分の身体を乗っ取ろうとする気配。

眼が覚めると、とっておいた菓子が忽然《こつぜん》と消えており、口の周りが食べ滓《かす》で塗《まみ》れている。だが、菓子を食べた記憶は全くない。

酷い時は、肥溜めの便壺から糞尿を壁に練り込んでいた時がある。だが、その時の記憶は、欠如している。酷い悪臭と、糞尿に塗れた壁と己自身を眺めて、戦慄《せんりつ》した。

――儂は少しずつ狂い始めている。

「どんな誠胤様でも、誠胤様は誠胤様です……」

震える声で、お繁は誠胤の手を摩《さす》った。

「お繁」

駄々《だだ》を捏《こ》ねる子供に言い聞かせるように、誠胤は繁の頭を撫でた。

「儂が儂でなくなったら……。その時は、ここで眼にした事実は、すべて忘れるのだぞ。其方《そなた》は、まだ若い。こんな汚い地下牢にいた人間のことなど綺麗さっぱり忘れ、良い人のところへ嫁ぐのだ。元気な子を産み、幸せにおなり」

「そんなの、嫌でございます……」

繁は、眼にいっぱいの涙を浮かべて泣きじゃくる。誠胤にできたのは、ただ小さな頭を優しく撫でるだけだった。

ただ只管《ひたすら》に――この娘の幸せのためならば、己は修羅《しゅら》にでも道化《どうけ》にでもなんにでもなれる、と強く思った。

第九章　忠義之行方

一

ダンッと音を立てて、秋水は力強く床を踏んだ。

秋水の踊る舞と、厳《おごそ》かに唱える祝詞にすっかり見入っていた遼次は、まるで幻想の世界から現実へ帰って来たように、ハッと我に返る。

奇声を上げていた誠胤は、いつしか口を噤《つぐ》んでいた。物静かに、瞬き一つせず、秋水の姿を深淵の眸《ひとみ》に映している。

秋水は誠胤を見つめ返すと、物腰柔らかに、ふんわりと微笑んだ。

「誠胤様。もうそんな芝居など続けなくても良いのですよ。お繁さんは、とっくの昔に、貴方と生きていく覚悟がございます」

そっと肩に手を添えて語り掛けるような優しい声音だった。

ほんの少しだけ、誠胤の瞳孔《どうこう》が開いたような気がして、遼次は息を呑んだ。

「空蝉《うつせみ》の　一目を繋み　逢はずして　年の経ぬれば　生けりともなし――……もう良いのです。たとえ貴方が八日目の蝉であろうと……。お繁さんも、お腹の子も、望みはただ一つ……貴方と過ごせる穏やかな日々、それだけです」

「誠胤様……」

お繁は前のめりになって飛び出すと、誠胤に駆け寄った。誠胤の着流しの袖を掴み、大粒の涙を零《こぼ》しながら哀願した。

「私は、私は……何も望みませぬ……。お金も地位も名誉も何一つ要りませぬ。ただ、誠胤様と生きとうございます……どんなに短い時でも構いませぬ……。繁を側に置いてくださりませ……お願いでございます……」

「ええい、無礼である！　誠胤公に近寄るでない！」

誠胤にしがみつくお繁を、家人が無理やり引き離そうとする。いやいやと首を振って抵抗するお繁の泣き叫ぶ声が、室内に響き渡った――その刹那。

誠胤のか細い腕は、お繁を抱き留めた。腕は、小刻みに震えながらも――力強くお繁を抱き寄せる。誰にも奪られまいとするように。大切な宝物が壊れぬように。そっと力強く掻き抱いた。

そこには、圧倒的な誠胤の意志があった。

「もう良い……」

掠《かす》れた低い声が、誠胤から漏れた。

「もう、止《や》めじゃ……」

誠胤は、繁の髪に鼻を埋め、呟いた。はじめてみる誠胤の真実の姿がそこにはあった。

部屋に詰めていた者たちは、皆、ぽかんと口を開けて、まともに口を聞く誠胤を眺めていた。

意志の宿った誠胤の漆黒の瞳は、力強く、まるで別人のように、がらりと雰囲気が変わっている。

「お柳よ……。儂の負けじゃ。相馬の百万の富も、この屋敷も、家督も、すべて、其方《そち》の好きにするが良い。儂はもう……なにも要らぬ。ただこの腕に納まる小さな幸せだけを、儂は守りたい」

「誠胤様……」

繁は、誠胤の胸に顔を埋め、頬を濡らした。誠胤は、今までの時を惜しむように、ごつごつとした細い指先で優しく繁の背を撫でる。

「許しませぬぞえ！」

ようやっと我に返ったお柳は真っ赤な紅を引いた口で、ヒステリックに叫んだ。

「こ、こんな相馬の恥晒しどもを望むがまま外に放逐《ほうちく》すると思うたか！　外に出しては、どんな醜聞を聞屋に喋るか、わかったものではございませぬ」

すっと立ち上がった柳は、手を叩く。

「主らは一生、牢で過ごせば良いのじゃ。皆の者、やっておしまい！」

元から、最後にはこうするつもりだったのであろう。同時に襖が開き、相馬家で雇い入れていると思われる屈強な男どもが雪崩《なだれ》込んで来る。

用心棒どもは、お繁に手を掛けようと群がり、誠胤は薄い背にお繁を庇う。座敷に悲鳴が轟いた――が、悲鳴を上げたのは、お繁でも朝子でもなく、用心棒だった。

用心棒と誠胤の間に立ちはだかったのは、遼次であった。

遼次は、背中に隠していた仕込み杖を抜くと、素早い動作で用心棒の向う脛《ずね》を打った。用心棒は、野太い咆哮《ほうこう》を上げて悶絶《もんぜつ》する。

「貴様！」

床柱を背にし、二人、三人と掛かって来る屈強な男どもの胴を払い、薙ぎ倒していく。

「動くな！　この女の首を、へし折るぞ！」

最後の一人が、朝子の背後に回り、羽交い絞めにして首を絞め上げた。苦しげな呻きが朝子の口許から零れ、遼次の破竹の快進撃はぴたりと動きを止めた。

「へへ、そのまま動くんじゃねぇ……っ」

全てを言い終る前に、そっと男の背後に歩み寄った秋水が、男の後頭部に向かって思い切り花瓶を打ち付けた。花瓶は派手に砕け散り、水浸しの床に転がった。

「ひぃっ……」

顔面蒼白となったお柳が尻餅を搗《つ》く。用心棒はすべて打ちのめされて、床に転がっていた。もはや座敷に残っているのは、秋水たち一向と誠胤のみで、柳の身を守る者は誰もいない。

秋水は、目尻を下げて、にんまりと北叟笑《ほくそえ》み、ゆっくりとお柳に近寄っていく。

「や、やめて……来ないで……」

お柳は、腰が抜けてうまく動けないらしい。秋水の笑みに底見えぬ恐ろしさを感じたらしく、懸命に後退《あとずさ》って逃げようとするが、じりじりと白壁に追い詰められた。

秋水は、慇懃無礼《いんぎんぶれい》に一礼すると、眼を細めて嗤《わら》った。

「お柳さん。これにて、狐払いは御仕舞です。誠胤公に取り憑いた悪い狐は、駆逐《くちく》されました」

更に秋水は、中指と人差し指の間に挟んでいた呪符《じゅふ》のようなものを、お柳に差し出した。

呪符には、急急如律令でも、梵字でも、絵でもなく——無数の零《ゼロ》が並んでいる。

有無を言わさぬ口調で口角を持ち上げ、秋水は云った。

「請求書です。勿論、払って頂けますね？」

二

「あ、痛い！　いたたたたっ！」

朝報社の一室で、遼次は金切声を上げた。畳上に、俯せになった遼次の上に、秋水が馬乗りになっている。

「この痛いのが、効くんですって。もう少し我慢なさい」

「馬鹿っ、どこ触ってんだ、お前……。痛いぃっ」

遼次は、海老ぞりになって絶叫した。あまりの痛みに失神しそうである。

先日、相馬家で大立ち回りを演じて以来、遼次はどうも腰痛を患っている。按摩《あんま》には自信があると名乗りを上げた秋水に、身体を預けたが最後、遼次を待っていたのは、まるで延々と石臼で身体を碾《ひ》かれているような無間地獄《むげんじごく》の苦しみであった。

「まったく。中年のくせに不摂生な生活をしているから身体がガタガタなんですよ」

遼次の背筋を揉み解《ほぐ》しながら、秋水は毒づく。

「まぁ、履歴書に書いていた直心影流剣術の免許が詐称《さしょう》じゃあなくて、安心しましたが。しかし、御代田さん。貴方、腕が鈍《なま》り過ぎなんじゃないですか」

「うるせえなぁ……」

遼次は、斬髪を掻きながら、ぼやいた。まるで小姑《こじゅうと》のような小言の嵐である。

夢中になって竹刀を振った日々も遠く色褪せた。御一新後、剣術が次第に廃《すた》れていくと同時に、逵次の剣術への熱も冷めていった。残ったのは、無気力な抜け殻だけだった。

むしろ何年もろくに剣を握っていなかった自分が、あそこまで大立ち回りを演じたのだから、褒めて欲しいところだ。

幼少時は、天性の才能があると剣術師範に褒めそやされたものだが、なまじお世辞でもなかったようだ。

挫折せずに本腰を入れて稽古を続けていれば、一端《いっぱし》の剣客になれたかもしれない。

——もっとも武士の滅んだ明治の世で剣を極めて、なんになるってェんだ……。

「まぁ、これに懲りたら、もう少し身体を鍛えたらどうなんですか。なんといっても、新聞記者は、一に体力、二に体力、三四も、体力、五にも体力ですよ」

「……体力しかねェべな」

「御代田さん限定に、決まっているでしょう。脳みそが空っぽの御代田さんなんて、身体くらいしか売れるものがないでしょうが。まぁ、二束三文《にそくさんもん》にしかなりゃしませんがね」

留まるところを知らない秋水の暴言にいちいち突っ込みを入れるのも面倒になってきて、逵次は口を閉じた——と、同時に襖が開く。

「秋水。客人だぞ」

「あ、お前は！」

朝報社の社員に案内されて入って来た男の顔を見て、遼次は魂消《たまげ》て起き上がった。

「……久しぶりだな」

不愛想な仏頂面で突き放すように告げたのは、錦織剛清《にしごりたけきよ》だった。かつて癲狂院《てんきょういん》から誠胤を攫《さら》って遁走《とんそう》し、忠義狂と各新聞社から袋叩きにされた人物である。

秋水たちが錦織の行方を追いなんとか見つけ出した時は、同時に相馬家の誠胤の追手からも捕縛されたものだから、ゆっくり話す機会は失われたままだった。

まさか錦織のほうから訪ねて来る日があろうとは、露ほども思わなんだ。

「投獄されていたのではなかったのですか」

眼を瞬かせながら、秋水が尋ねた。

「今朝、ようやっと出て来たんだ」

「まぁ、立ち話もなんですから、どうぞ」

秋水は、錦織に座布団を勧め、机を挟み、向かい合って座った。気を利かせた社員が、茶を出してくれた。

錦織は、慣れぬ場所で居心地が悪いのか、しきりと座布団の上で居住まいを正して、粗茶を啜《すす》った。

「あー……、その、あれだ……」

言いにくそうに、錦織はそっぽを向いて、頬を掻いた。

「事の詳細は、お繁から聞いた。それに、お前らが書いた記事も読ませてもらった。いろいろ世話になったようだな……感謝しておる」

事件の顛末《てんまつ》を知るにおよび、どうやら礼を言いに来たらしい。挙動不審であった原因は、照れ隠しであったようだ。

「ふふふ。良い記事だったでしょう？　すごく売れたのですよ、あの記事は」

天狗のように鼻高々に、秋水は胸を張った。

萬朝報の発禁処分がようやく解除となったのは、誠胤公の狐落としから三日後の出来事だった。

萬朝報解禁の陰には、社長の黒岩涙香の奔走《ほんそう》や、相馬家と敵対する政治勢力やらの黒い抗争が渦巻いていたようだが、その詳細は、遼次の知るところではない。

触らぬ神に祟《たた》りなしである。遼次とて、命は惜しい。

だが、解禁は解禁である。秋水は、水を得た魚のように、相馬家と蓮門教の黒い関係、一連の相馬事件の真相を書き殴った。もちろん遼次も手伝った。

力を入れた甲斐もあって、相馬事件の続報に飢えていた民衆が雪崩《なだれ》込み、萬朝報を買い漁《あさ》り、記事は飛ぶように売れた。

今や巷《ちまた》では、猫も杓子《しゃくし》も相馬事件の話で持ち切りで、相馬家と蓮門教は批判の嵐に晒されている。中には、この事件で御神水のまやかしを知り、蓮門教を訴えたり、棄教したりする者も少なくないようだ。いずれは、存続が危ぶまれるまで追い詰められていくであろう。家を荒らされたり、中傷のビラを撒かれたりと散々な目に遭わされた逐次としては、胸のすく思いである。

「お繁さんは元気でやっていますか」

にっこりと微笑を浮かべて、秋水は尋ねた。

「お陰様で。こちらに伺う前に寄って来たが、見違えました。溌剌《はつらつ》としていて笑顔が絶えず、本当に幸せそうだった」

「女子たるものは、恋をするといくらでも強く美しくなりますからねェ」

ずずず、と秋水は茶を啜りながら、感慨深げに相槌を打っている。

狐払いが済んだ後、誠胤とお繁は相馬の家を出て、郊外の貧乏長屋に移り済み、所帯を持った。名を伏せているから、近所の人間たちは、二人が相馬事件の渦中にいた人物とは知る由もない。だが、相馬家の者たちが手を出さぬよう朝報社でも眼を光らせている。

「誠胤様も、とてもお優しい顔で笑っておられて……。殿は、あんな顔で笑うのだと恥ずかしながらも初めて知りました……。殿が地下牢で幽閉されているという噂を聞きつけ、拙者が駆け付けた時は、殿は木乃伊《みいら》のように干からびて、死にかけておりました。なんとか手を回して入院させようと画策《かくさく》したのですが、相馬家の者たちは瘋狂院に入れてしまって……」

これまでの懊悩《おうのう》を思い出したのか、錦織は眉間に皺を寄せ、強く拳を握った。

「秋水殿。貴殿はいつから誠胤様が狂ったふりをしていると気付いていたのですか」

「しいていえば、初めから、でしょうか」

のほほんと秋水が応えると、錦織は身を乗り出して来る。

「なぜ、わかったのです」

「なぜも糸瓜《へちま》もありませんよ。聡明な人は、眼を見れば、だいたいわかります。ただ、誠胤公自身、己は狂人だと思い込んでいた。おそらく、殿は愛した女性を守るために、狂った振りを始めたんだと思います。自分を好きになっても、命を狙われこそすれ、決して幸せなどにはなれぬ。だから、お繁さんが自分への想いを断ち切れるように、狂ったんです。そうして、座敷牢の中で孤独と戦っているうちに、殿は本当に自分が狂っているのか、ただ狂ったフリをしているのか――わからなくなっていったんです」

秋水は、照れるように頭を掻いた。

「鮮烈な自己暗示が解けなくなっていたんですよ。私はただ、誠胤公の自己暗示を解く、ほんのお手伝いをしたに過ぎません」

錦織は感嘆して、尊敬の眼差しで秋水を見つめた。

「貴殿は本当に大した方だ。……実は、今日はもう一つ、お願いしたい儀があって参った」

真剣な面持ちで、錦織が切り出した。どうやら、ここから先が本題らしい。

「ええ、なんでしょう」

淡々と秋水が応じる。

錦織は姿勢を正し、真剣な面持ちで秋水を見つめた。

「相馬家をこのまま放っておくのは、お繁殿や誠胤様が許しても、やはり拙者は、許せなんだ。拙者は、今回の事件に関して、相馬家を相手取り、訴訟を起こそうと思っておる。このような事件が二度と起こらぬよう、裁判の行方を、万民に知って欲しいのだ。さればこそ、萬朝報で裁判の行方を記事にしては、いただけぬだろうか」

丁寧に錦織が頭を下げる。たとえ朝報社が止めたところで、錦織は裁判を起こすであろう。凛《りん》とした面構えに、覚悟が覗いている。

「はい。もちろん。ここで引き下がるわけにはいきませんからね。喜んでお引き受け致します」

秋水は即答して、深々と頭を下げた。

どうやらこれにて一件落着、めでたし、めでたし——とはいかぬらしい。

朝報社の戦いは、これからも連綿《れんめん》と続いていく。物語であれば、幸せな結末が用意されて終わりだが、現実はいつだって、際限なく続いていく。

「なして……なして、そこまでできるんだべ」

思わず、遼次は口を挟んだ。

錦織は不思議そうな顔を、遼次に向ける。質問の意味が、よくわからなかったようだ。尋ねる遼次の口許《くちもと》は震えた。

「なして、錦織殿はそこまで忠義を尽くせるのですか。もはやご公儀もなく、藩も潰れ、殿様から禄を食《は》んで生きているわけでもねェ。忠義を貫いたところで、何一つの見返りもねえべした。錦織殿は、なんのためにそこまで忠義を尽くされる」

遼次の脳裏には、死んだ兄の姿がこびりついている。忘れ去ろうと、どんなに拭い去っても、記憶は簡単には消せぬ。

記憶する兄の姿は、遼次よりもずっと若い面影のままずっと時が止まっている。この先、どんなに遼次が歳を取り、総白髪となって腰が曲がっても、兄の面影が歳を取る機会は、未来永劫、訪れない。

——どうして。

戊辰の戦で、三春は裏切り者の烙印を押された。今でも、三春の民は、周辺の町村から三春狐と蔑まれ、時には、石礫《いしつぶて》を投げられる。

主君の秋田映季《あきすえ》も、さぞや肩身の狭い思いをしたであろう。維新後、ひっそりと三春を出て行った者も多い。三春を裏切り者へ追いやった兄は、不忠者だ。

だが、どうして兄は、あんな手ひどい裏切りをしたのだろう。心の中でどれだけ問いかけても、記憶の片隅に眠る兄は応えない。

忠義とは、なにか。その正解を、錦織であれば解答を知っているのではないか。遼次はふいにそんな気がした。

遼次を見つめ返し、眼を瞬かせた錦織は、ほんの一刹那、肩の力を落とし、ふっと微笑を浮かべた気がした。

「我が殿が覚えておられるかはわからぬが、拙者は幼少時、殿に命を救われた経験がござる。相馬には、相馬野馬追《そうまのまおい》という祭事がござってな。幼き頃、不届きにも拙者は、祭事を間近で見たいがために、悪知恵を働かせ、遮二無二、木によじ登ったのじゃ。案の定、足を滑らせて落下し、そのせいで殿は落馬してしまわれた」

そっと眼を伏せて、錦織はまるで昨日の出来事を思い出すかのように鮮明に語った。

「今にも斬り捨てられそうになった拙者を助けてくれたのは、誠胤様の鶴の一声じゃった。あの砌《みぎり》より、拙者の命は誠胤様に捧げておる」

「錦織さんのような家臣がいて、誠胤公も救われたのではないでしょうか」

と、秋水がうっすらと微笑んで頷いた。

ふっと錦織の声音が低くなる。

「長年、飲まされ続けた御神水の毒に蝕《むしば》まれ、殿の余命は幾何《いくばく》もないそうじゃ……。医者によればあと一年も保《も》つかどうか。拙者は殿が憐《あわ》れでならぬ」

悔しげに眉を顰《ひそ》めて、錦織は己の拳を文机に叩きつけた。

「拙者がもっと早く殿をお救いできておれば……」

「そんな……」

遼次は胸が詰まり、二の句が継げなかった。ようやっと相馬家の監視下から抜け出した誠胤に残された時が、そんなに短かったとは……。

生まれて来る赤子は抱けるかもしれない。だが、赤子が父親の顔を記憶するのは難しいだろう……。

「過去を嘆いてもしかたがありませんよ。人は過去には決して戻れぬのですから……。今を生きるしかありません。裁判、頑張りましょうね」

優しく諭す秋水の言葉に、遼次は、はっとした。

――たとえ貴方が八日目の蝉であろうと……。お繁さんも、お腹の子も、望みは、ただ一つ……貴方と過ごせる穏やかな日々、それだけです狐払いの時、秋水が誠胤に向かって語った言葉が脳裏に蘇る。秋水は、誠胤に残された時間があと僅かである事実を、あの時点で、悟っていた。

秋水だけではない、繁も、誠胤自身ですらも、知っていた。それでもお繁は、残り少ない時間を誠胤と共に生きる道を選んだ。

だからこそ、秋水の言葉は、誠胤の胸を強く打ち響いたに違いない。己で作った鉄の殻を打ち破らずにはいられないほどに。

秋水は、眼を細めて、諭すように、遼次に云った。

「ねぇ、御代田さん。主従の数だけ、忠義の形があるとは、思いませんか」

漆黒のビードロのような秋水の瞳に、己が映っている。なんだかすべてを見透かされているような気がして、どうにも居心地が悪かった。

三

錦織の来訪も片付き、いい加減、次の記事の準備に取り組もうと、資料を片手に机に向かおうとした時だった。

錦織を玄関まで送り出し、帰って来た秋水が、出し抜けに語り掛けてきた。

「実はね、御代田さん。今日はもう二人、御代田さんに会わせたい御仁がいるんですよ」

含みのある秋水の笑みに、遼次は脊髄《せきずい》反射のように身構える。

「まぁ、そう硬くならなくとも大丈夫ですから。さぁ、出かけましょう」

「今からか！」

秋水の行動は、いつだって唐突《とうとつ》だ。こちらが珍しく自分から仕事に向かう素振りを見せた時でさえ、お構いなしである。気を遣うという言葉を知らぬのではないか。

秋水が遼次の予定を顧みたためしなど、一度もない。

「ええ、今からです。もたもた愚図愚図している時間はありませんよ。さぁ！」

秋水に追い立てられるように、遼次は重たい腰を上げた。

「で、どこさ行くだ？」

「ふふっ。辿り着いてからのお楽しみです」

行先を訊ねても、不気味な笑みで誤魔化される。なんだか嫌な予感がしないでもない。だが、朝報社に仮採用となって以来、この年若い上司に一度たりとも逆らえた例《ためし》はないのだから致し方ない。

秋水の赴くがまま、遼次は黙って従《つ》いていく。秋水の行動に振り回される事態は、もう慣れた。

遼次は、道中、道の端に並ぶ土筆《つくし》を見つけ、目尻を下げた。

まだ風は冷たいが、外を歩くと、そこかしこに春の息吹《いぶき》が感じられた。日もだいぶ延びたし、少しではあるが、桜の蕾《つぼみ》も膨らみ始めている。

——もう少ししたら、桜の季節だべなぁ。

化粧前の褐色の桜並木を歩きながら、遼次はしみじみと感じ入る。

上野の桜も、隅田川の桜も申し分ない美しさだ。だが、遼次にとって桜といえば、故郷の三春の滝桜であった。

大木に連なる数々の枝が満開に咲き誇る桜の重みに負け、撓垂《しなだ》れる様は、まさに渓谷を流れる滝そのもので、たった一本の巨木とはいえ、壮大さと秀麗《しゅうれい》さは、贔屓目《ひいきめ》に見ても群を抜いていると思えた。

帝都東京で幾度の春を迎えても、毎年この季節に思い出すのは、故郷の滝桜であり、帝都の桜は、決して遼次の記憶を上書きできなかった。

「この辺りは懐《なつ》かしいですか、御代田さん」

ふいに秋水が遼次に尋ねた。二人が辿り着いたのは、麻布である。この周辺には、磐城三春五万石の秋田家の中屋敷があった。

「さぁてね。御一新前は、俺は、ほんの餓鬼んちょだったからな。勤番での江戸詰めは、とんと経験しねかった」

秋水の辿り着いた先は、小さな趣のある料亭だった。大通りからは外れた郊外にある。前もって知っていなければ通り過ぎてしまうような小路に建っている。お忍びという言葉がよく似合いそうな店だった。

店に入ると、愛想の良い女将が出迎えに来る。明治政府の高官がお忍びで通い詰めていそうな厳かな雰囲気に呑まれ、遼次などは気後《きおく》れした。華やかな場所には、ほとほと縁がない。

秋水は一言、二言、女将と言葉を交わすと、勝手知ったる態度で、座敷に上がって行く。

「おい、待て――」

遼次は慌てて、秋水の背中を追った。

ずかずかと上がり込んでいく秋水は、躊躇《ためら》い一つ見せず、離れの一室の襖を開け放った。

「さぁ、着きましたよ、御代田さん！」

秋水は諸手を広げて、遼次に微笑み掛ける。座敷には、すでに二人の先客がいた。

「貴方は……」

向かい合って、和《なご》やかに談笑を交わす二人――一人は、白髪混じりの頭髪を後ろへ撫で上げ、広い額を晒した初老の男である。長い顎髭を蓄え、黒の燕尾服を着た姿は、威厳に満ち、まさに、どこぞの大臣のようである。

「河野広中殿……」

眼にした人物に吃驚したあまり、遼次は思わず、その名を呟いた。

遼次は、すぐに男が誰か悟った。

もう何十年と顔も見ていなかった男だが、どんなに時が経とうと、忘れはしない顔だ。

なにより、上瞼の腫れぼったい思慮深そうな眼が、まるで変わっていない。変わったのは、皺の数が増えたくらいだ。

もう一人は遼次とそう歳は変わらぬであろう。だが、遼次のように草臥《くたび》れてはいない。

皺の一つすらない詰襟のシャツに袴といった小奇麗《こぎれい》な身形《みなり》である。

「殿……」

遼次は茫然として思わず、呟いた。目の前にいるのは、河野広中と——磐城三春《いわきみはる》五万石秋田家最後の当主であり、現秋田家当主の秋田映季《あきすえ》その人であった。

「元気そうじゃな、御代田遼次よ」

驚く遼次を一目見て、映季は悪戯《いたずら》が成功した子供のように北叟笑《ほくそえ》む。笑うと目尻に皺が寄り、時の流れを感じさせた。

遼次が映季の姿を最後に眼にしたのは、まだ元服する前だった。

「なぜ、お二人が、このような場所に……」

「いけないかい？　殿と私が密会して君を待っていては」

しどろもどろの遼次の姿に、広中も今にも噴き出しそうな顔をしている。

「いえ、そんな……」

「まぁ、遼次さん。現状が呑み込めぬのも、よくわかります。ですが、とにかく、座ってください。積もる話もありますから」

秋水に促されるまま、遼次は末席に腰を下ろした。なにがなんだか皆目《かいもく》わからぬうちに、豪華な料理と酒が次々と運び込まれ、目の前に並んだ。

なんだか竜宮城にでも迷い込んだような気持ちだ。

目の前に並べられた料理は、どれも旨《うま》そうで、自然と喉内《こうない》に唾液が溢れてくる。朝報社へ入社して以来、多忙を極めるあまり、浅草十二階の淫窟《いんくつ》にも足が遠のき、気が付けば、最後に飲酒したのがいつかも、ろくに思い出せぬ。

眼の前の御猪口《おちょこ》に、広中がなみなみと、日本酒を注いだ。透き通った透明な液体に、垂涎《すいぜん》する遼次自身の姿が映っている。

「就職おめでとう。乾杯」

盃を掲げて、広中が告げた。

「えっ」

「え、じゃありませんよ。ふふふっ、おめでとうございます、御代田遼次さん。試験期間中の働きが認められ、正式に萬朝報社社員として採用する仕儀《しぎ》と相成《あいな》りました」

寝耳に水で戸惑う遼次の脇腹に、秋水は手刀を入れた。酒が気管に入り、遼次は思い切り噎《む》せ返った。

「社員になったとはいえ、御代田さんは記者としては、まだまだ新米ですからね。一人前になるまで、僕がビシバシ扱《しご》き上げますから、覚悟しておいてください。あんまり調子に乗ると、ただじゃおきませんよ」

秋水は、しれっと釘を刺す行為も忘れない。

どうやら本日の集まりは、遼次の就職祝いらしい。改めて思えば、萬朝報に掲載されていた『新聞記者養成のための一小塾を開くの旨意』へ、酔っ払って書き殴った原稿を送り付けたのが運の尽きであった。

秋水の下について以来、命が幾らあっても足りない、犯罪すれすれの狂言取材ばかりである。なにがどう評価され社員に取り立てられたのかも、よくわからぬ。だが、この先も、気の休まらぬ艱難辛苦《かんなんしんく》の難事件が待ち構えているのではなかろうか。

――くそっ
遼次は、御猪口に入った酒を呷《あお》るように飲み干した。久々のアルコールが、熱を持って食道を下って行く。

だが、まったく嬉しくないわけではない。正直に言うと……ほんの少し、嬉しい。いや、滅茶苦茶《めちゃくちゃ》、嬉《うれ》しい。

気苦労の絶えぬ仕事だが、相馬事件を通して、今までずっと己からは抜け落ちていた達成感や生き甲斐を感じる気持ちが、垣間見えた気がした。

自分の書いた記事が新聞の一面に躍った時は――まるで、幼き日に初めて竹刀《しない》を握った時に似た感動が呼び覚まされた。

新緑が茂るような瑞々《みずみず》しい感情は、戊辰《ぼしん》の戦で兄を失って以来、遼次の肉体からは抜け落ちていたものだった。

「たかが俺一人の就職祝いのために、殿様も河野先生も、来てくださったのですか」

戊辰の戦から二十年以上が経過し、東北の自由民権運動の首魁《しゅかい》であった河野広中は、今では衆議院議員、秋田映季も今では貴族院の子爵議員である。

無職中年の就職祝いに駆けつけるほど、暇ではあるまい。手酌で酒を注ぎながら、遼次は自虐《じぎゃく》ではなく、本心から訊いた。

「当然であろう。其方《そのほう》は三春のために死力を尽くして御代田遼之介の血を分けた弟じゃ。生きておれば、真っ先にこの場に駆けつけたのは、其方の兄であったはずじゃ」

映季の言葉に、広中も強く頷く。広中は、眼を細め、遠くを見詰めながら、白髪の目立つ顎鬚《あごひげ》を撫で、ぽつりと呟いた。

「本当に……。惜しい男を失くしました。今頃、生きておれば、お国のために立派な働きをしておりましたでしょうな」

遼次の手が止まった。御猪口から酒が溢れ出し、机を濡らしていく。

机から滴り落ちた酒が己の擦り切れた袴を濡らしても、しばらく気付かぬぐらい、遼次は衝撃を受けていた。

「兄は三春の裏切者のはずだべ。お二人は兄の不忠を恨んではおらぬのですか……。挙句の果てには、首を括《くく》って自ら命を絶つなど……武士の風上にもおけぬ愚行でござる」

茫然自失で、遼次は尋ねた。

自慢で堪らなかった兄は、臆病風に吹かれて兵を退き、奥羽越列藩同盟を裏切り新政府と通じた。戊辰の戦で散々な負け戦を味わった周辺諸国は「三春狐に騙された」と、三春領民に石を投げる――その元凶を作ったのは兄ではないか。

だが、映季も広中も遼次の言葉には、吃驚《きっきょう》し、耳を疑ったようだった。

「遼之介は不忠だと、そのように其方は思っていたのか……」

一座は静まり返った。庭の鹿威《ししおど》しが落ち、小さな音を立てる。

「誤解があるようだが、遼之介は、自ら命を絶ったのではないぞ。遼之介は、暗殺されたのじゃ。

自殺に見せかけられてな。逆恨みして逆上した佐幕過激派の連中の仕業《しわざ》だった。滝桜に吊るして、見せしめにされたのだ」

忌々《いまいま》しい記憶を吐き捨てるように、広中が告げた。

「戊辰の戦の時は、余も其方も幼かった……。其方がそう思うのも、致し方のない仕儀なのやもしれぬな……」

映季は、己の御猪口の水面に眼を落とし、悲しげに眉を下げると、自らに言い聞かせるように独り言ちる。居住まいを正して遼次を見詰めると、優しく微笑んだ。

「秋田家が奥羽越列藩同盟を裏切り、新政府と通じたのは、其方の兄が臆病風《おくびょうかぜ》に吹かれたからではない。ご公儀が倒れ、新政府が東北へ向かって攻め下って来た時、当主でありながら、まだ右も左もわからぬ幼かった余は、遼之介にこう申しつけたのじゃ――たとえ、何があろうとも、三春の地が戦場となり、滝桜が焼かれるのだけは嫌じゃと」

淡々と語る映季の声音は、尊敬の念と慈愛に満ちていた。本心から遼之介を想っている心情が伝わって来る。

「遼之介は、己が悪者となり、後世に汚名を残そうとも、余の願いを叶えてくれたのじゃ……。領内の過激派を宥《なだ》めすかし、一方で、新政府と通じ、無血開城する――こんな芸当がこなせた知恵者は、遼之介を置いて秋田家の身内には他におらなんだ。遼之介は、最も立派な、忠義者であった。余は、遼之介にどれだけ礼を言っても足らぬと思っておる」

「兄が……そのようなことを……」

思いもよらなかった事実を知らされて、遼次は頭を鈍器で殴りつけられたような衝撃を受けた。徳利を握る手が小刻みに震える。

古い記憶が呼び起された。幼かった遼次が、なぜ兵を撤退させたのだと詰問した時――兄は決して一言も言い訳をしなかった。ただ黙って遼次をいなしただけだった。

あの時、兄は「映季様が望まぬからだ」と、そっと遼次にだけ内密に真実を打ち明けても良かったはずだ――。

だが、兄はしなかった。たとえ血を分けた弟でも、兄は、主君の胸の内を漏らす行為を避けた。たとえ身内であっても、一度でも口にした言葉は、どこから漏れるかわからぬ。

主君の本音を知った過激派が、映季を付け狙ったり、幼き主君に裏切者の十字架を背負《せお》わせるのを避けたためだったのだろう。

遼之介は、幼き主君の本音を己の胸だけに押し留め、どんな汚名を浴びせられようとも、三春の滝桜を守った。それが兄の忠義の形だったのだ。

「兄上……」

遼次の頬を一筋の涙が滴り落ち、御猪口の水面に小さな波紋を作って消えていく。長年ずっと胸に痞《つか》えていた痼《しこ》りが、溶けて消えていくような気がした。

兄は、なに一つ変わってなどいなかった。真面目《まじめ》で堅物《かたぶつ》で、一度こうと胸に定めた決心は、何が何でも成し遂げる立派な人だった。

「遼次よ。一度、三春へ帰り、遼之介の墓前で就職の報告をせねばならぬな。遼之介は、いつも其方を気に懸けておった。剣術に熱心な弟がおり、自分と違って、とても筋がいいと、遼之介はよく褒めておった。たまには故郷へ帰って、母御《ははご》にも顔を見せておやり」

広中が酒を啜りながら、まるで親戚の叔父のように諭すように云う。

「はい。そろそろ三春の滝桜が恋しくなって参りました」

手の甲で目尻を拭い、遼次は応えた。胸の痞《つか》えが取れ、天にも昇るような晴れやかな気持ちだった。

「なんだか、僕も三春の滝桜が見たくなって来ちゃったなぁ」

飄々と秋水が告げる。

「従《つ》いて来るなよ！」

嫌な予感がして、遼次は予防線を張った。

「朝子さんも僕がお気に入りみたいだし、挨拶しに行ったほうが良くなれすか？」

「絶対に駄目だ！　朝子を貴様のところに嫁《とつ》がせるくらいなら、天狗にでも嫁がせたほうがマシだべ」

遼次は歯軋《はぎし》りして叫んだ。

「は？　御代田さん、誰に向かって、そんな口を聞いているんれす？　御代田さんなんて僕の鶴の一声で、いつだって解雇できるんれすからね……ひくっ」

「お前……、酔ってんな」

いつのまに呑んだのか、秋水の周囲には徳利が三本ほど転がっている。呂律《ろれつ》が廻っていないし、頬が赤いし、しきりと吃逆《しゃっくり》を繰り返している。眼が据わっているし、酒癖が悪いのは想像に容易《たやす》い。

「酔ってません！　馬鹿にしないでくらさい！」

空の徳利を握り占めたまま立ち上がった秋水は、耳を塞ぎたくなるほど遼次に向かって罵詈《ばり》雑言《ぞうごん》を並べ立てたかと思うと、ひっくり返った。

「お、おい……」

畳の上に大の字で転がった秋水は、やがて高鼾《たかいびき》を掻いて寝入ってしまった。

映季も広中も、何事かと眼を瞬かせている。

「まったく人騒がせな野郎だべ……」

勢いで転がっていく徳利を拾いながら、遼次は嘆息した。

人の気も知らず、秋水は能天気《のうてんき》な顔で、呑気《のんき》な寝息を立てている。安心しきった横暴な年下上司の寝顔を見ていると、蹴り飛ばしたくなるくらいだった。

「ま、今回はありがとうな。感謝しとくべ」

何事にも聡い秋水だ——蓮門教が撒き散らした中傷のビラを読み、秋水は真相を調べたのだろう。その結果が、今回の宴に違いない。秋水のやりそうな行動など、もはや見当がつく。

これもまた、ある種の、秋水の狐落としといったところか。

遼次は、晴れやかな気持ちで、料亭の庭に眼をやった。

満天の月明かりに照らされて、灯篭《とうろう》の根本に根を張った早咲きの桜草が一輪、ひっそりと大輪の花を咲かせていた。

（了）

【参考・引用文献】

・奥武則『スキャンダルの明治――国民を創るためのレッスン』
・奥武則『蓮門教衰亡史――近代日本民衆宗教の行く末』
・高橋康雄『物語・萬朝報――黒岩涙香と明治のメディアの人たち』
・木戸啓介『幸徳秋水その人と思想』
・田中惣五郎『幸徳秋水――革命家の思想と生涯』
・林茂『近代日本の思想家たち――中江兆民・幸徳秋水・吉野作造』
・長井純市『河野広中』
・細馬宏道『浅草十二階――塔の眺めと〈近代〉の眼差し』
・秋山勇造『明治のジャーナリズムの精神』
・学研『陰陽道の本――日本史の闇を貫く秘儀・占術の系譜』

著者／笹木　一加（ささき・いちか）

1985年生まれ。福島県出身。

中央大学文学部史学科卒業。

法律事務所に勤務する傍ら小説を執筆。

朝日時代小説大賞、日経小説大賞、日本ミステリー文学大賞などの最終候補に残る。日本酒が好き。

幸徳秋水《こうとくしゅうすい》の狐落《きつねお》とし　萬朝報怪異譚《よろずちょうほうかいいたん》

発行　二〇一八年五月一日　初版第1刷

著　者　笹木　一加
発行人　伊藤　太文
発行元　株式会社　叢文社
〒112－0014
東京都文京区関口一―四七―一二江戸川橋ビル
電　話　〇三（三五一三）五二八五
FAX　〇三（三五一三）五二八六

印　刷　モリモト印刷

定価はカバーに表示してあります。

乱丁・落丁についてはお取り替えいたします。


ISBN978-4-7947-0783-3

同時発売

生放送60時間
―キボウノヒカリ誘拐事件

矢吹　哲也

史上最弱馬ながら、今や国民的アイドルともなったキボウノヒカリ。廃止の危機に晒されている栃木競馬の救世主でもあるが、連敗記録達成の二日前に誘拐されてしまう。同馬を取材中であったテレビ東都の榊原真由ディレクターが六十時間ブチ抜きの報道特番で事件を追う。

四六判　本体1300円（税別）